世界的詩

Poetry of the World

李敏勇 著

目錄

序　說　詩的二十堂課——探尋詩的世界，梭巡世界的詩　004
第十一堂課　新東亞的心　011
第十二堂課　南亞，後殖民內面風景　031
第十三堂課　中東，交織著美麗的鳴唱與感傷的嗚咽　051
第十四堂課　非洲，在黑色熾熱大地綻放豔紅之花　073
第十五堂課　在歐洲東南邊緣的吟詠和歌唱　095

第十六堂課 東歐：在火熱的叫喊和水深的呻吟綻放自由之光 117
第十七堂課 歐洲：世界之心的光，文明之核的影 141
第十八堂課 動盪俄羅斯，冰封的靈魂；變色中國，血染的黃土地 169
第十九堂課 聽，美利堅在歌唱；加拿大、澳洲、紐西蘭迴盪著歌聲 203
第二十堂課 拉丁美洲解放的心：在劍與十字架的土地綻放自由之花 235
索　引 265

Contents

序說

詩的二十堂課——探尋詩的世界，梭巡世界的詩

李敏勇

繼「詩的禮物」系列《聽，臺灣在吟唱》《聽，世界在吟唱》這兩本分別引介十位臺灣詩人、十位世界詩人的詩的解說、導讀書，以「詩的二十堂課」為系列的《詩的世界》和《世界的詩》，要在圓神出版。作為詩的信使，我這樣孜孜不倦地在作品與讀者，在臺灣與世界之間穿梭，已然形成了一些腳印、一些足跡。

在圓神文叢的系列，從早期的《旅途》《情念》《憧憬》，我以臺灣、日本、韓國的兩百四十首詩，從「人生」「經驗」「路程」「生活」；到「思慕」「愛情」「親情」「連帶」；以至「信念」「禮讚」「意志」「希望」，將新東亞的詩人們作品交織詩的人生和心靈地圖，已是一九八〇年代的事。

二〇〇七年，《經由一顆溫柔心》再度以臺灣、日本、韓國詩散步，譯介三個密切相關國家六十位詩人的六十首詩，並加解說隨筆，觸探新東亞的心。二〇〇八年，《在寂靜的邊緣歌唱》則呈以六十位世界不同國度的女性詩人作品，呈現世界女性詩風景，以一首詩一幅女性風景，一首詩一個女性世界，與閱讀者對話。

二〇一〇年，《遠方的信使》譯介了不同國度五十位男性詩人與女性詩人的五十首詩。漫步在世界詩篇的小路，探觸遠方詩人的信息，我並以「願為一個信使，為你朗讀」在臺北、臺中、臺南、高雄、屏東、臺東的誠品書店，與各地的閱讀者會面。那時際，一本有關我的詩人傳記《詩的信使》（蔡佩君著，典藏藝術家庭）已出版，似乎回應了我的動向。《海角，天涯，臺灣》這本心境旅行、詩情散步，也引述、譯介許多世界詩歌，綿延著我的信使腳印和行跡。

在這些系列書冊之後，《是春天為我們開門的時候了》是我以自己的五十首詩為文本的解說，呈顯一個臺灣詩人——心的祕密，是我一九六〇年代末期到一九九〇年代的詩告白。即使不論及我在其他出版社的選編譯讀詩書，作為詩的信使，這樣的墾拓應該已留在許多有心的閱讀者心裡。

「詩的二十堂課」是我在《人本教育札記》連續刊載二十期的作品。因爲這些年來，多次在人本教育文化基金會安排下，在臺北、新竹、臺中、高雄的人本親子教室與許多想要讀詩的孩子與父母一起閱讀，我感受到詩可以被閱讀、可以被喜愛，應該更擴大分享。我寫給孩子的童謠詩集《螢火蟲的亮光》，我譯給孩子的西班牙詩人羅卡（F. G. Lorca, 1898-1936）的童謠詩集《有橄欖樹的風景》，都在人本親子教室與許多孩子與父母分享。前述的《聽，臺灣在吟唱》和《聽，世界在吟唱》，出版之前，也都在《人本教育札記》以「詩的禮物」系列，分二十期發表。

就在二〇一五年九月到十二月間，位於北臺灣的小小書房邀請我開系列世界詩分享課程，我以幾年前在基督長老教會東門教會社區大學「東門學苑」教授「當代世界詩歌」「當代臺灣詩歌」中的世界部分，以「世界詩十五堂課」與大約二十位愛詩人，在十五個週六上午十時到十二時，一起逡巡世界與詩——在書香與咖啡香交織的氛圍中，我能感覺到詩可以與許多人對話、相晤，行句的祕密會在人們心中開啓。

「詩的二十堂課」前十堂課是《詩的世界》，後十堂課是《世界的詩》，以詩說詩，以詩說世界。與其說是詩的教室，不如說是人生的教室；與其說是詩與人生的教室，不如說是詩與人生的風景與地圖。日本作家芥川龍之介曾說：「人生不如波特萊爾一行詩。」德國哲學家海德格（M. Heidegger, 1889-1976）也有「語言是存在的住所」的說法：世界在語言裡，在一首一首詩裡。「詩的二十堂課」分輯的《詩的世界》和《世界的詩》，在某種意義上是這樣的探索和逡巡。

《詩的世界》以詩喻詩，以詩說詩：

- 使思想像薔薇一樣芬芳
- 一首詩如何形成？
- 詩是為了什麼？
- 詩人是……

- 詩人，在創作時
- 也許一首詩的重量
- 聽聽詩的聲音
- 看看詩的圖像
- 想想詩的意義
- 詩是一個國家的靈魂

《世界的詩》以詩說世界，以詩描繪不同國度的心靈風景：

- 新東亞的心
- 南亞，後殖民內面風景
- 中東，交織著美麗的鳴唱與感傷的嗚咽
- 非洲，在黑色熾熱大地綻放豔紅之花
- 在歐洲東南邊緣的吟詠和歌唱

・東歐，在火熱的叫喊和水深的呻吟綻放自由之光
・歐洲：世界之心的光，文明之核的心
・動盪俄羅斯，冰封的靈魂；變色中國，血染的黃土地
・聽，美利堅在歌唱；加拿大、澳洲、紐西蘭迴盪著歌聲
・拉丁美洲解放的心：在劍與十字架的土地綻放自由之花

從《詩的世界》到《世界的詩》，「詩的二十堂課」對於未曾接觸新詩歌或現當代詩歌的人，以及已接觸新詩歌或現當代詩歌的人，都會有新的體認和視野。特別對於囿於古典詩歌典律形式，對自由詩形式不習慣面對，或因爲面對一些新詩歌或現當代詩歌有違和感的人們，「詩的二十堂課」會帶來新的體認。

詩、新詩歌、現當代詩歌，並非那麼難以接近、難以理解、難以感動。不同的語言和國度，進入擺脫格律的自由詩型，已有超過一百年以上的歷史。就如同人們的生活工具都已經改變，詩歌在形式上也因應時代的變化，以及生活步調、生命情境的改變而不斷產生新樣態，不論是意志或感情的表現、傳達都

有新的脈動。

讀讀《詩的世界》的十個篇章，你就會認識詩是什麼？以及詩的爲何？如何？關於形式或內容，以及詩人當他在創作時的種種課題。詩常被說是一個民族的靈魂、一個民族的心的聲音，是爲什麼？而《世界的詩》的十個篇章則環繞這個地球，從東亞出發，南亞、中東、非洲、歐洲東南西北、俄羅斯、中國、美國與加拿大、澳洲、紐西蘭等脫離大英帝國獨立的新美洲或大洋洲國家，到拉丁美洲諸國，既接觸近現代歷史，也逡巡詩歌的動向。

若說《詩的世界》是一本詩的辭典，《世界的詩》則是詩的世界地圖，各自提供不一樣的閱讀興味，合而讀之，對閱讀者生命感覺和涵養的豐富和充實，極有助益。這兩本書不是想提供給研究者，而是獻給想閱讀詩歌，並將詩的教養當作人生教養的人們。願這樣的心意能夠隨這兩本書傳達給你，傳達給妳，並在你與妳之間相互傳達。願我持續不輟以詩的信使引介的詩書，能在人們的心靈留下心影。

詩的二十堂課
第十一堂課

新東亞的心

我們在海洋深處漂流，
一直在漂流漂流，
河床的小石子們靜靜地吶喊著。

東亞的日本、朝鮮（現分裂為大韓民國，簡稱韓國；以及朝鮮民主主義人民共和國，簡稱北朝鮮，又分稱南北韓）、臺灣（現仍受中華民國據占統治，但因其原占據地區由中華人民共和國取代統治，國際普遍以臺灣稱呼識別），在二戰結束之前，有一段歷史是殖民與被殖民的關係。臺灣於一八九五年，被大清帝國割讓給日本，作為甲午戰爭戰敗的賠償；朝鮮則是在一九一五年，被日本入駐占據，取代大清帝國的影響而統治之。二戰結束，戰敗的日本放棄對朝鮮、臺灣的殖民。臺灣由代表盟軍接收的中華民國進駐統治，朝鮮則獨立。

日本的帝國時代，經由明治維新脫亞入歐，發展成富國強兵的東亞國家，逐漸擺脫古中國自大唐帝國以來的國勢影響，成為東亞的強國；在十九世紀末、二十世紀初成為最後一波殖民帝國。作為漢字文化圈一員的東亞國家日本，經由大化革新、明治維新與大清帝國分庭抗禮，並對時值中華民國時代的中國，發動侵華戰爭；同時也發動太平洋戰爭，在第二次世界大戰期間和德國、義大利同為軸心國家。

朝鮮亦為漢字文化圈國家，但與日本一樣，發展出自己的文字，力求振興國家人格與主權。但十九世紀末、二十世紀初，親大清派與親日本派傾軋，在列強的夾縫中，朝鮮也受制於俄羅斯、推翻俄羅斯沙皇帝國的蘇聯，以及歐洲諸強。日本進占朝鮮在進占臺灣之後，朝鮮被日本殖民了三十五年。

日本、臺灣、朝鮮身處在漢字文化圈，漢字的詩觀普遍成爲文化教養，是傳統文化的重要形式。但日本、朝鮮追尋自己的國家建構，也有文化自覺。近現代化後，新文學、新詩體受歐洲影響更深、更趨向世界性。臺灣則在日本殖民時代，透過日本影響，以及朝鮮相同情境互動，發展出與中國不盡一致的文學現象、詩歌現象，形成東亞的特殊文化形貌。

二戰結束，日本以戰敗國之姿面臨了意義上的廢墟現象。在美國影響下的政治轉型，非戰民主憲法的導入下，日本戰後的社會產生更大的自由度，並成爲與美國結盟的國家，同時拜朝鮮戰爭之賜，振興經濟；然而朝鮮獨立之後，旋即發生左右兩路線的內戰，分別有蘇聯、中華人民共和國與美國在背後的支持，因而分裂爲南韓和北朝鮮；臺灣則在中華民國代表盟軍接收後，被進占統治，不到二十個月即發生二二八事件，未及四年，中華民國被中國共產黨革命推翻，中心思想從反共抗俄轉爲反攻大陸，開啓戒嚴統治，救亡圖存，卻因無法面對中華人民共和國代表中國的現實，無法在地轉型。臺灣被籠罩在中國的思想氛圍，而挾持中華民國流亡臺灣的中國國民黨，仍持續以中國意識壓制臺灣，形成重物質而輕精神的國度。

戰後的日本、韓國（北朝鮮的特殊政治體制，缺乏可供觀照的詩視野）和臺灣，構成了新東亞。觀照這三個國度詩人的作品，可以接觸到新東亞的心。

漂流　（日本）秋谷豐作　李敏勇譯

艦隊在暴風雨的夜晚出擊
艦的腹側被魚雷命中
在黑暗裡
熊熊火焰顯現
一百米高的火柱噴射
鋼鐵的艦殼逐漸下沉

沉落的軍艦在浮油的海洋深處流逝
沾染油汙的艦艏露出
漂流著像鯊魚
擁抱軍艦的亡靈
我們的眼神悲慘哀憐　我們不願死
但在拂曉之前　我們會成為鯊魚的食物

二十年了
我們在浮著油汙的海洋深處漂流
沾染油汙的手臂在海浪上浮流
呼叫著什麼
在濃霧裡
一直到現在仍然在漂流在漂流

作爲一位抒情派詩人，二次大戰時度過青年時代的秋谷豐（Akiya Yutaka, 1922-2008），一直到戰後的二十年，仍不免感覺在軍艦沉沒的海洋深處漂流。一九二〇年代出生的日本詩人們，在戰後出發時，有些以「荒地」之名，表現出走過廢墟的精神荒廢感，例如田村隆一（Tamura Ryūichi, 1923-1998），鮎川信夫（Ayukawa Nobuo, 1920-1986），吉本隆明（Yoshimoto Takaaki, 1924-2012）；左翼傾向的詩人群，集合在「列島」的陣營，有強烈的政治批評意識。例如關根弘（Sekine Hiroshi, 1920-1994）、長谷川龍生（Hasegawa Ryūsei, 1928-）等。在戰敗的破滅感與罪責意識中，日本的詩人們以詩呈現戰敗後的日本精神視野。

韓國詩人金光林（Kim Kwang-rim, 1929-），有一首詩〈半島的疼痛〉，以「誰也不知道的疼痛／我只是哽咽而已」喻示韓民族分裂的哀愁。他們這一代的韓國詩人，經歷過日本殖民，有些人甚至留學日本。戰後，面對內戰的煎熬，部分出身於北方的詩人，後留在南方的韓國生活。

死之後　（韓國）金光林 作　金尚浩 譯

清理戰場的一個士兵，撿來了生鏽的毛瑟手槍
和腐朽的
雙筒望遠鏡，以及瑞士手錶。嚴密地說，
是從骸骨
裡偷來的。休戰成立之後不久，在金仕*
北方山谷裡發生的事。推測那些攜帶品，一定就是
敵人高級
軍官的東西。勾扳機，槍彈好不容易跳出
來。雙筒
望遠鏡比粗糙的玩具更容易毀壞了。最後
的錶，上發條，時間就走到甦醒了，開始從
死之後
的時間滴答起來。

茫漠擴張的大地
乾燥而滿是遙遠塵埃的絲路
追溯到一千六百年前
在樓蘭的王國
電視的畫面捕捉到的是
殉葬夫妻鬱鬱不樂的緣分
映現在我們眼前
互相緊緊握著手的
各手指之間戴著同樣的戒指
我又體會到死之後的時間逐漸襲來

註：南韓、北朝鮮停戰線（北緯三十八度）附近街市。

從韓戰之後清理戰場的遺物，子彈可以從槍口跳出，手錶還是能走動，意味著死後的時間仍然持續著。對照電視畫面裡樓蘭王國的考古，一對殉葬夫妻的手戴著同樣的戒指，也感到時間在死亡之後仍在移動。這樣的經驗，是韓國

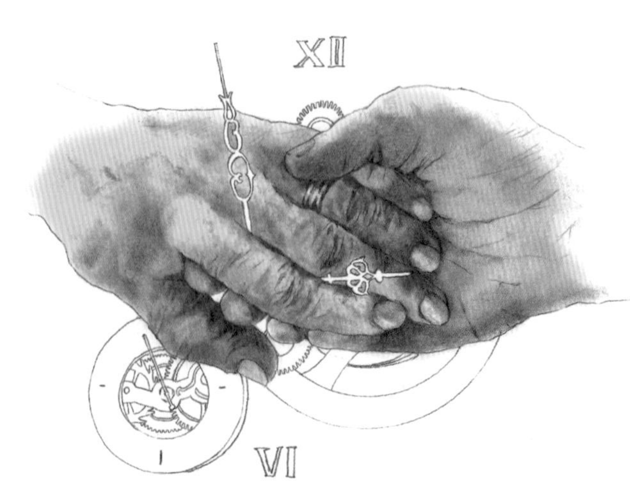

的特殊經驗，被包含在半島的疼痛裡。

臺灣一九二〇年代的詩人們，作品的面向又是如何呢？不像日本詩人們咀嚼戰敗的痛苦，反思鼓動戰爭的責任；也不像韓國詩人們，在獨立後即經歷內戰和民族分裂。臺灣的詩人們則是在所謂的祖國進占統治後，歷經文化衝突和政治壓迫，更須跨越語言，從日本語轉換到通行中文，飽受失語症之苦。

鐵橋下　（臺灣）錦連 作

彼此在私語著
多次挫折之後他們一直蹲著從未站起來
習慣於灰心和寂寞　他們
對於青苔的歷史只是悄悄地竊語著
忍受著任何藐視　誘惑和厄運

在鐵橋下　他們
對於轟然怒吼著飛過的文明
以極度的矜持加以睥視

抗拒強勁的風壓
在一夜之間　突然
匯集在一起
手牽手
哄笑　然後大踏步地勇往直前

夢想著或許有這麼一天而燃起希望之星火
河床的小石子們　他們
只是那麼靜靜地吶喊著

以鐵橋下從未站起來的河床的小石子們，比喻臺灣人的戰後歷史際遇和存在情境，轟然從鐵橋經過的火車就是戰後中國移入的統治權力。這首一九五〇年代作品，無疑就是經歷二二八事件後臺灣詩人的被壓抑人生寫照。被稱爲跨越語言一代，陳千武（Chen Chien-wu, 1922-2012）、錦連（Chin Lien, 1928-2013）、陳秀喜（Chen Hsiu-hsi, 1921-1991）、杜潘芳格（Tu-pan Fang-ko, 1927-）等男性或女性臺灣詩人，作品顯現與日本和韓國同年代詩人既相異又相似的苦悶。

戰後的日本、韓國和臺灣，都和美蘇冷戰時期的美國，亦即自由資本主義陣營的前線，與共產主義陣營對峙，並發展經濟。特別是日本，在一九五〇年代拜韓戰之賜，振興工業，成爲經濟大國，韓國和臺灣也曾和香港、新加坡並稱亞洲四小龍。但韓國有民族分裂問題以及長期軍事統治高壓政治；臺灣也經歷長期戒嚴獨裁，國家主權關係未能確立穩定。

日本的一九三〇世代詩人、韓國的一九三〇世代詩人，以及臺灣的一九三〇世代詩人，都有與戰前登場的一九二〇世代詩人不同的際遇與情境。新的現實，新的認知，反映在詩的行句。

搖籃曲　（日本）大岡信作　李敏勇譯

睡吧
我的所愛！
在這宇宙的可愛角落
一個失落的孩子
睡吧！
在人生之星的手臂裡
安心地睡吧。

你的唇
活生生地
未曾這麼輕盈地移動

好像說著
我全然聽不懂
而你全然了解的話語
描繪出快樂的字母

睡吧，
我的所愛！
在這宇宙的可愛角落
一個失落的孩子
睡吧
睡吧。

大岡信（Ōoka Makoto, 1931-）是與谷川俊太郎（Tanikawa Shuntaro, 1931-）同世代、同一年出生的詩人。他們走出戰敗的灰暗死滅，寫出與前一世代不同的詩，被稱爲感性祀奉的一代，更能歡唱自身的情感。〈搖籃曲〉之愛，呈現對生命的關懷，並懷抱著希望與憧憬。「日常性」成爲詩人觀照的課題，在生活中發現、尋覓輕盈的意義榮光也成爲趨向。

韓國的一九三〇世代詩人，在青壯年時代抵抗軍事政權的壓迫，也迎接民主化時代的到來。儘管韓民族分裂的問題仍未解決，但韓國的自我振興在經濟、也在文化方面顯現光采，展現新生的視野。這位韓國詩人二十一世紀初以來都列名諾貝爾文學獎提名名單。

大哉春日　（韓國）高銀 作　李敏勇 譯

溫煦的東風吹拂，
大地是動人的，
那是開啓目盲之眼的
視野。
孩子們聚集著

緊密地像嬰兒，土地裡的蚯蚓
也不停地蠕動著。
看吧！從深水裡
首先冒出的
正是它們的背，
掙裂冰層
大地怎能
靜默無聲？
野雁的父親們
正帶著牠們的一窩小雁
動身飛向松花江。
如今這塊土地
驚奇正在發生，
一個大哉春日正來臨！

韓國詩人高銀（Ko Un, 1933-）以春日的來臨喻示新的希望，與大岡信在〈搖籃曲〉中的溫柔聲音有異曲同工之妙。儘管日本、韓國也有他們各自的國家問題、社會脈絡，但在帶有憧憬的視野裡，都聽得見溫煦的聲音。

臺灣呢？相對於日本，相對於韓國，新東亞中的一個不完全是國家的國家，尚未在政治基盤上確立主權地位，而且民主化發展仍然受到許多桎梏綁架的這座島嶼，所顯現出的臺灣人的視野，又是如何呢？

水窪——給臺灣　（臺灣）白萩　作

必是這塊土地瘠痕吧？
在我們通行的道路中
竟然凹陷盛了一灘夏日的雨水
分明記錄抗議的行列，曾經

走過這裡；也記得威嚇的
拒馬蹲伏過這裡
留下了一些人的鞋印、熱淚、血滴
拌和著塵埃潛留在水中
成為土地的蓄膿

在水窪的邊緣
看著倒立的天空和雲影
倒立的我和大廈

已有的是虛幻
將有的是潰爛
未來是：
烈日曝晒以及
一次又一次的雨沖和

一九九〇年代初，臺灣詩人白萩（Bai Qiu, 1937-）以〈水窪——給臺灣〉寄語所身屬的國度，他的視野不像日本詩人大岡信的〈搖籃曲〉，也不像韓國詩人高銀的〈大哉春日〉，而是在泥濘中的暗澹景象，爲什麼？這就是深層思考中臺灣的視野，以及衍伸的問題意識。

一九八〇年代民主化運動的興盛，促成戒嚴體制的取消。然而一九九〇年代臺灣化和自由化交織成的社會風景，也面臨了局限，尙待衝破。詩人在水窪中看到過去，看到現在，似乎也隱約看到未來。是這樣嗎？仍然疑惑，仍然憂慮。

你有一個國家嗎？（臺灣）李敏勇作

當邊界的刺網封鎖意志的鳥群的飛翔
當夢的翅膀被權力的刀刃修剪

你有一個國家嗎？

當人民被被迫升起殖民者的旗幟
當人民被迫吟唱殖民者的歌

你有一個國家嗎？

當殖民者自己拉下自己的旗幟
當殖民者自己否定自己的歌

你有自己的國家嗎？

〈你有一個國家嗎？〉是我對臺灣與臺灣人的追問。即便不是一個國家主義者，即使希望有眞實的國家之後應該將之無形化，但臺灣糾葛在國家的眞實與虛構，因而也面對不當傳統權力的牽制。臺灣的詩視野呈顯出和日本、韓國不盡相同的新東亞的心。

我曾出版一本收錄十位臺灣詩人、十位日本詩人、十位韓國詩人的詩與解說《經由一顆溫柔的心》，接觸新東亞這三個國度的戰後詩風景，追索新東亞的心。在既有連帶，也有孤立，既有共同性，也有差異性的戰後歷史際遇與發展情境，傾聽各自國家的社會脈動與心跳，新東亞三國的詩人以詩描繪並形構各自的心影。

詩的二十堂課
第十二堂課

南亞，後殖民內面風景

砲彈在陽台爆炸，
母親在破敗的墓裡走動。
你感受到，
樹叢間蜂巢的重量，
你知道，
它們已安安靜靜地成熟了。

南亞的各個國家，大多曾被歐洲國家殖民。大航海時代，十六世紀的西班牙、葡萄牙先是航向美洲新大陸，擴張殖民領土，接著航向亞洲。菲律賓從十六世紀中到十九世紀末，就曾是西班牙殖民地，其國名就來自西班牙菲力普王子的「Las Filipinas」；十九世紀末，經歷對西班牙的革命、美西戰爭，以及美菲戰爭，菲律賓成爲美國的殖民地；二戰期間，日本也短期占領這個島嶼國家；二戰後，才獨立爲標榜「爲了天主、人民、自然和國家」的菲律賓共和國。葡萄牙則殖民過澳門以及鄰近印尼的東帝汶。

繼西班牙、葡萄牙之後，荷蘭、英國、法國開始大肆擴張殖民地，航向非洲、亞洲。印尼早期曾是葡萄牙人收集香料之地，後來成爲荷蘭東印度公司經營地，並成爲荷蘭殖民地；二戰時，日本也曾染指此地。這個世界最多島嶼的國家，於二戰後開啓獨立運動持續進行到一九四九年才告完成，被殖民期間約達三百年之久。英國殖民統治印度（含巴基斯坦和孟加拉）、法國殖民統治越南。中南半島上有許多二戰後獨立的新興國家，例如馬來西亞，以及從馬來西亞獨立出來的新加坡，都曾是英國殖民地；而越南曾是法國殖民地，這個與古中國百越有淵源，也使用了兩千年漢字的國家，如今信奉「獨立、自由、幸福」爲國家格言，是一個社會主義共和國。

由於受到歐洲殖民的歷史影響，南亞國家交織著舊傳統、多種族的文化基礎，以及近代的歐洲文化洗禮，不只本國語言與殖民者語言多重並立，歐洲殖民帶來的天主教和基督教，以及歷史進程中受阿拉伯移民影響的伊斯蘭教與傳統佛教，都在各自領域成爲主要的宗教信仰，並進而形成特殊的文明與文化風景。這樣的風景與東亞大陸的中國，或東亞的日本、韓國、臺灣也有殊異之相。

南亞，或包括東南亞國家的詩，在原有傳統、語言，以及歐洲殖民影響所形成的近代視野、語言、文字相互滲透之下，發出了獨特的聲音，呈現在不同時代的詩人行句之中。

日夜悲嘆　（菲律賓）奧菲莉亞・A・迪瑪蘭塔 作　陳千武 譯

母親日夜悲嘆著

向白晝廣闊的天空投擲
黑色屍衣

雖不知道屍衣
會包紮哪一個街角
但這個家早變成墳墓了

脫逃的道路全被封鎖著
可是像今晨
母親就自導自演
演練她的悲哀

最後母親就這麼說
聽清楚啊　已經沒救了
我們都被握在死的手掌裡

她就是散布悲哀似地
這麼說

母親便在自己悲哀的
殘酷的墓裡走動
我們只有沉默
等待母親理智回復正常

奧菲莉亞・A・迪瑪蘭塔（Ophelia Alcantara Dimalanta, 1932-2010）是一位詩人、編輯、作家，也是教師，備受菲律賓人尊敬。一九九九年，她獲頒東南亞最高榮譽的文學獎「東盟文學獎」（The S.E.A. Write Award）及其他獎項。著有多冊詩集，也發表多篇散文和評論的她，以母親日夜的悲嘆喻示已成墳墓的家庭的慘澹。哀傷的抒情與破滅感，彷彿成爲生活的內容，而作爲子女的發言者，只能等待母親恢復理智。詩裡的母親意指爲何？菲律賓這個國度嗎？

二戰後獨立的菲律賓，曾是繁榮的國家。著名的麥格塞塞獎以獎勵亞洲文化藝術工作者而享有聲譽，就是以獨立後的一位總統爲名。菲律賓國父黎剎（José Rizal, 1861-1896）是一位眼科醫生，也是菲律賓人心中的偉人，他因菲律賓宣布脫離西班牙獨立建立第一共和，被處以死刑。臨終前，他發表了〈永別了，我的祖國〉，動人心弦。日本占領菲律賓的二戰期間，曾建立傀儡政權，稱做第二共和；二戰後獨立的菲律賓爲第三共和；可惜一九六〇年代後政治腐敗，戒嚴了很長一段時期，一直到一九八〇年代末才恢復民主化，但仍未能重拾昔日的光榮。奧菲莉亞・A・迪瑪蘭塔的詩，呈現的是這般灰暗的心靈風景。

印尼和菲律賓一樣是多島國家，爲全世界之最，人稱「千島之國」。二戰後，被荷蘭殖民了三百五十年的印尼終獲解放，也因右、左不同獨立運動路線的政權爭奪，而歷經軍事獨裁和民主化的衝擊。這個人口僅次於中國、印度和美國的國家，語言據說多達兩千種以上，官方語言爲Bahasa Indonesia語和英語。荷蘭殖民期間爲荷蘭東印度公司掠奪經營的時代。二戰時期，日本軍隊介入，鼓吹印尼獨立，企圖扶植日本傀儡政權，這也成爲印尼獨立運動興起的力量來源。

守夜的戰士　（印尼）察利爾・安瓦作　子凡譯

時間在流動。我不預卜時間的命運
活力充沛的青年，倔強具敏銳眼光的老年

夢想著獨立，永恆的星子
它存在於我的身邊，當你駐守那死寂的大地

我受那勇敢地生活的人們
我受那面對黑暗鬥爭的人們

那不沾微塵而洋溢著溫馨的夢的夜啊

時間在流動。我不曉得時間的命運

察利爾．安瓦（Chairil Anwar, 1922-1949）是印尼新詩的奠基者之一，由於國家曾被荷蘭殖民，故略懂德語、法語，雖只讀了兩年中學，卻自我修習，而卓然有成。〈守夜的戰士〉寫獨立運動分子的心境，描寫夜間進行反殖民鬥爭的游擊隊員，他們爲了追求獨立，而付出的意志與感情。安瓦不只是印尼學生一定要知道的偉人，他同時也影響鄰近國家。在他死後二十年，這位只活了二十七年的詩人被追贈「傑出藝術家」的榮譽。

以「存異求同」作爲國家格言的印尼，當中以爪哇族人爲最大族群。殖民歷史印記著反殖民的悲壯形跡，但後殖民現象更糾纏在專制、腐敗的統治權力，軍事強人主宰的時代從蘇卡諾到蘇哈托之後，才分別於二〇〇四年直選總統、二〇一四年總統選舉，由一位木匠之子以卓有政績的省長身分打敗軍事強人蘇哈托的女婿，以及另一位具軍事將領背景的候選人，上台領導印尼，爲印尼帶出新的民主新局。

越南是中南半島國家中與古中國流離之民較有關聯的國家，自百越與宋明時期開始追溯，均有遺民流落至越南。清代年間，阮福映被冊封為「越南國王」，建立阮朝，從前的「安南」成為越南。十九世紀中期，法國入侵，殖民統治越南。二戰初期，越南人民呼喊反對法國殖民，也反對日本殖民，開始以武裝戰爭追尋建立新共和的夢想。二戰結束後，左派獨立運動勢力與左派附和法國殖民捲土重來的勢力，分據以北緯十七度為分界的北越胡志明政權與南越吳廷琰政權，背後各有蘇聯、美國勢力介入。

一九五四年，日內瓦會議協商推動越南統一選舉，但不僅未能進行，更付出了越南戰爭的慘痛代價。一九六〇年代中期到七〇年代中期，美蘇冷戰引發美國大學生反越戰風潮，美國因而被捲入越戰泥沼，陷入政治困境。一九七五年四月，北越軍隊攻占南越首都西貢，結束越南戰爭，南北越於社會主義體制下走向統一，直到一九八〇年代後期，越南的政策改走市場經濟，並逐步開放對外貿易。

胡志明領導越南獨立同盟會，他其實也有詩人的身分。他在領導獨立革命，避走中國廣州時，被蔣介石的軍隊監禁在獄中，留下仿漢字中文格律體的《獄中詩》一卷。越南有一位傳奇詩人阮志天（Nguyen Chi-thien, 1939-2012），出生於法國殖民地時期的河內，他堅信社會主義和共產主義，並於政治活動中遭受迫害。當年阮志天代替朋友在一所高中講授歷史，他認爲二戰是在美國於日本投下兩顆原子彈後才結束，不符合官方教材中提到是蘇聯出兵的結果，於是被北越政府判刑入獄。

一九七六年，北越統一南越後，政治犯紛紛獲釋，阮志天將自己的詩稿寄到英國大使館，又不幸被捕入獄。他待在監獄六年，再被流放到勞改營六年。一九八〇年，他的詩被譯介爲英文出版《地獄之花》（Flowers From Hell）。一九八五年，鹿特丹國際詩歌節頒獎給阮志天，引起國際特赦組織（AI）的關注，進行救援，終於一九九一年獲釋，並於一九九五年流亡美國，二〇一二年病逝於美國加州橙縣。

帶著哀傷旅行　（越南）阮志天作　李敏勇譯

帶著哀傷旅行——再見了，歡樂！
因為行李中你只有汗水和灰塵。
一些零錢；一些詩和一些甜蜜的夢。
一台破舊的，腳踏車——享受油煙味。
火車上閃爍一盞紅燈光：
某個地方一場風景正席捲原野？

一個對社會主義、共產主義懷有憧憬的人民，只因說了眞實的話語，不見容於一言堂的官方說法。違背統治權力的詩人必須入監，必須被勞改，必須被國際救援復流亡他國，客死異鄉。而如今越南已走上資本主義之路，並與原先交戰敵對的美國建交。儘管如此，越南仍像南亞及世界上許多獨立的新興國家，陷入左右路線的政治鬥爭。詩人、文化人、藝術家也捲入不同政治路線的傾軋之中。但詩人所懷抱的理想和憧憬，仍然開出花朵，綻放芬芳。

花園香　（越南）林氏美夜作　李敏勇譯

昨夜一顆砲彈在陽台爆炸
但鳥群的聲音會讓今晨空氣甜甜蜜蜜。
我傾聽樹林，注視花園
預視兩顆安安靜靜成熟了的芭樂。

林氏美夜（Lam Thi My Da, 1949-）是越南戰爭時期加入青年團的女性，參與過越南戰爭。不過這首詩沒有烽火的讚美，而是烽火止息後對寧靜的追尋。兩顆安安靜靜成熟了的芭樂對照爆炸的砲彈，在靜與動，和平與戰火之間，交織出特殊的女性心境和風景。

印度是號稱民族博物館的南亞國家，人口僅次於中國。印度文明也是世界最古老文明之一。在西元前兩千五百年即在印度河流域開展，卻於西元前兩千年國力突然轉弱，雅利安人入侵後，開創出恆河文明，也開始盛行種姓制度，這是西元前一千五百年的事。西元前三世紀中期阿育王朝興盛，發展科學與藝術文化。西元八世紀，阿拉伯人入侵伊斯蘭文化，對印度造成影響。蒙古的帖木兒也曾入侵。十八世紀逐漸淪爲英聯合王國殖民地，英屬印度設十三個省，並留存七百個印度王公統治的土邦。二十世紀初以至兩次世界大戰，甘地的不合作運動發生效用，獨立運動興起，加以英聯合王國實力漸弱，終於在戰後一九四七年獨立。而原被歸在印度的巴基斯坦，後分裂爲西巴基斯坦和東巴基斯坦，並進而分裂成巴基斯坦和孟加拉兩個穆斯林國家。

印度的泰戈爾（Rabindranath Tagore, 1861-1941）是一九一三年諾貝爾文學獎得主，他與女詩人奈都夫人都享有盛名。由於英聯合王國的殖民統治，英語也是印度通用語言，與較多人使用的印地語及其他二十二種語言均爲官方語言，也讓英語書寫成爲印度詩人的習慣，對於在當代世界的傳播相當有利。

一個印度人對他的身體　（印度）A・K・拉曼周安作　李敏勇譯

親愛的仍活動中的存在，
親愛的身體，你帶領我
蜷曲在子宮和記憶裡。

給我手指緊握
優雅地，憤懑地，並且拂動
某些人的頭髮；摺疊一個男人的
影子回到他的世界；
抑制眼睛的幽暗
經歷一季冬天和一種恐懼的
靜默，一個乳房的形影；
一個西洋梨的寂靜，在花萼中
和無邪的拳擊的噪音。

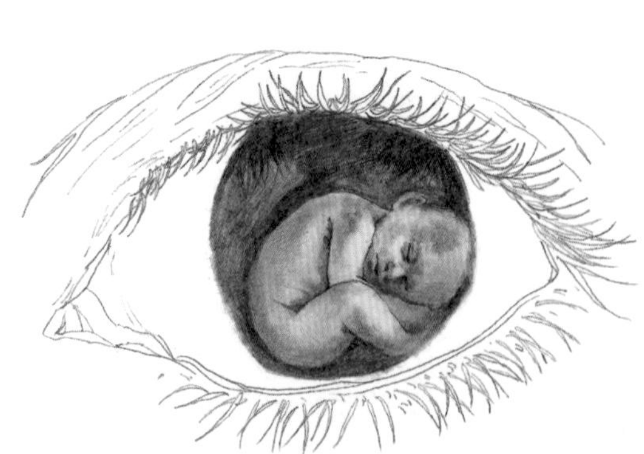

你帶引我：不要離棄我。
於後方。當你離開所有其他人時，
我喋喋不休的臉，我不被親吻
疏離於外的心靈，當你覆蓋
並收拾我的脈搏
以活絡林群的汁液
讓我一同前往並感覺
在我樹枝之中蜂巢的重量
以及在我髮茨裡
織布鳥編成的粗帆布。

A・K・拉曼周安（A. K. Ramanujan, 1929-1993）是一位移居美國並逝世於斯的印度詩人，常獲世界詩選選介爲印度的代表詩人。他在英聯合王國殖民時期，融入英國文化並交織印度心性，在身體和心靈流露出一種特異的因應和觀照。出身泰米爾語家庭，泰米爾是多族群印度的其中一個族群，他們的獨立運動團體「泰米爾之虎」象徵著族群流離多舛的命運。A・K・拉曼周安也在海外譯介印度詩歌。雖流落異鄉，卻不忘故鄉。

曾與印度一起受到英聯合王國殖民的巴基斯坦，是穆斯林國家，與擁有眾多印度教徒的印度有著民族與宗教上的隔閡。印度獨立之後，英聯合王國也同意印巴分流，接著巴基斯坦也宣布獨立，先爲自治領，後來成爲巴基斯坦伊斯蘭共和國。但巴基斯坦和印度的三次戰爭，造成東巴基斯坦獨立爲孟加拉國。巴基斯坦也是一個人口衆多，位居世界第六的國家，僅次於中國、印度、美國、印尼和巴西，語言是烏都語（Urdo），與英語同爲官方語言和文字，軍事統治和腐化政治一直存在於這個印度西北方鄰接阿富汗的國家。

景致　（巴基斯坦）法伊茲 作　李敏勇 譯

殘敗的街道，樹林和屋宇的影子，閉鎖的門——
我們注視月亮變成一個女人，

裸露她的乳房，溫柔地，在屋簷上。
在下方的大地是鬱藍的，一個靜靜有陰影的湖，
在一片葉子上方，一個又一個泡沫，漂浮
然後破滅，溫柔地。
蒼白，非常蒼白，平靜地，十分地緩慢，
那冷然色澤的酒液
被倒入我的玻璃瓶，
而你手上的玫瑰，葡萄酒瓶的玻璃，
就，像是
一場夢的網，聚焦在一瞬間。
然後立刻融化，溫柔地，
你說：「就只要溫柔地。」
月亮，在她沉落時微微嘆息，說：
「再溫柔些，還要再溫柔些。」

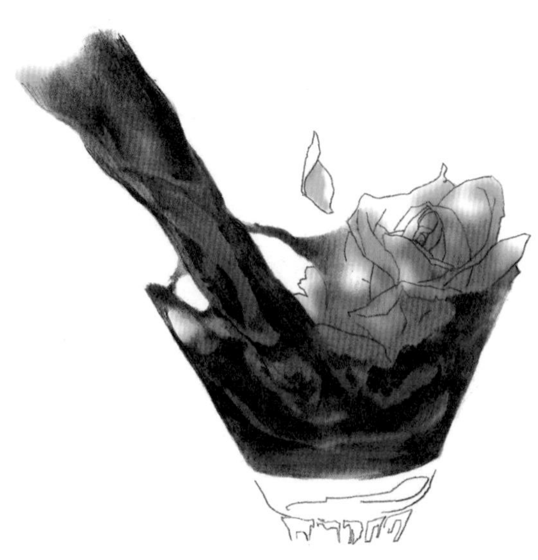

法伊茲（Faiz Ahmad Faiz, 1911-1984）是喜愛藝術的富有地主的兒子，也是一位律師。一九三〇年代是左派青年，獨立後熱心勞工運動，被指反政府，被迫流亡黎巴嫩。這首詩觸及政治犯在監獄的情境，月亮成爲撫慰的女人，呈顯愛與被愛。民主化在國家獨立後並未發展完全，而導致了許多後殖民現象。殖民者的暴力由獨立後的統治權力所承接。法伊茲和同時代的希臘詩人黎佐，都是智利詩人聶魯達極力推崇的偉人。這樣的詩反映了巴基斯坦相映於政治的藝術良心。法伊茲後來獲得國家頌揚，列名於國家藝術中心。

孟加拉是從原東巴基斯坦獨立出來的國家，東與緬甸鄰接，與印度的孟加拉省爲同語言體系，但爲伊斯蘭國家，也經歷英聯合王國殖民。孟加拉語和英語同爲官方語言文字。孟加拉與巴基斯坦、印度都曾被英聯合王國殖民，但種族、語言、宗教互有異同，終成爲各自獨立的國家。

個性　（孟加拉）娜斯林作　李敏勇譯

妳是一個女孩
最好不要忘了
當妳走過妳家門時
男人不懷好意地看妳。
當妳繼續走過巷子
男人會尾隨妳並吹口哨
當妳走出巷子踏上大馬路
男人會辱罵妳並叫妳放蕩女人。
如果妳沒有個性
妳會折返
若不然
妳繼續走
就像現在妳繼續走。

娜斯林（Taslima Nasrin, 1962-）是一位出身醫師家庭的麻醉科醫生，後投入女權運動，批判腐敗政治和男性沙文主義，受保守力量迫害，曾被迫流亡瑞典。一九九四年歐洲議會的第一屆沙卡洛夫自由獎章即頒給這位當時流亡至瑞典的孟加拉女詩人。她也曾來臺北參加國際詩歌節活動。不能回到祖國的娜斯林，改申請前往印度鄰近孟加拉國孟加拉省的加爾各答居住，曾被當地穆斯林發動反制驅離，但這位於英聯合王國殖民時期出身、根植進步思想的女性，並不曾放棄在詩中對保守力量、落後心態的批判。

南亞是多國度地區，除泰國外，大多曾被歐洲國家殖民，而較早前受阿拉伯和古中國文明的影響，也層層累積，形成混雜的文化型態。這些國家大多是二戰後獨立的新興國家，後殖民性顯現在政治與民主發展的坎坷，混雜文化所綻放的詩歌之花有特殊的內面風景。

詩的二十堂課
第十三堂課

中東，
交織著美麗的嗚唱
與感傷的嗚咽

點燃火光，
人們看見了悲傷。
詩人帶著古老的氣味流亡，
他們是，戰火之子。

中東，大多是說阿拉伯語、信奉伊斯蘭教的國家。伊朗為古波斯國，說伊朗語，也是伊斯蘭教國家；以色列以希伯來語為官方語言，為猶太人國家，信奉猶太教。中東諸國中敘利亞和黎巴嫩曾於近代被法國殖民，其餘大多為英聯合王國殖民地。

阿拉伯文明是古老文明之一，阿拉伯民族也是詩的民族。從古代到現當代，詩人輩出。在歷史上，曾在十三世紀遭受蒙古大軍入侵，也在十六世紀，受到鄂圖曼帝國統治了大約三百年，再於十八世紀末，被法國的拿破崙軍隊攻入埃及（地理上屬於非洲大陸北端，文化上屬於阿拉伯）。長時期的外來力量入據，讓阿拉伯文化受到影響，但也激發出自我振興的力量，之後在脫殖民地化運動時重新發掘自身文化傳統，並汲取歐洲近現代文化成為新的力量。不只傳統的阿拉伯詩歌被重新探索，從格律解放的自由詩、近現代詩歌更充溢在阿拉伯諸國，而非阿拉伯的中東新國家以色列也擁有自己的傳統、自己的現代。

政教關係在阿拉伯諸國曾在合一或分離中激烈擺盪，伊朗是政教較為合一的極特殊例子。敘利亞和黎巴嫩是被法國統治過的國家，特別是黎巴嫩，伊斯蘭教和基督教信仰的分歧甚至造成國家的分裂意識。而以色列的文化和宗教上則與中東諸國大相逕庭，形成壁壘分明的差異存在。

二戰結束後，被殖民的中東諸國紛紛獨立，形成不同國家。儘管大多數的阿拉伯文化和阿拉伯語國家，仍有各自的國家條件，殖民時期遺留下的英語卻成爲普遍的語言，與阿拉伯語並立。以色列人來自原已分屬不同國家的猶太人，除英語普及之外，也通行西班牙語、意第緒語、希伯來語（官方語言）、法語、俄語、德語、芬蘭語，甚至阿拉伯語。

以色列與阿拉伯國家的衝突源自二戰後，聯合國決議讓猶太人在巴勒斯坦地方建國以來，紛爭動盪從未眞正休止。以色列和巴勒斯坦（巴勒斯坦人的地方被劃爲以色列國土，留下來的人成爲被殖民者，出走者則爲流亡者），多次發動被稱爲以阿戰爭的大規模戰爭；小規模的戰火常發生在以色列與鄰近的黎巴嫩，與巴勒斯坦不同派系的獨立運動解放陣線組織交火。

而阿拉伯世界，伊拉克在強人海珊政權時代曾發動對科威特的侵略，引發美國介入的波灣戰爭，甚至導致美國出兵干預，推翻海珊政權，但政局並未穩定。獨立後，在民主化與強人政治的拉鋸中，加上產油區的經濟資源，美國與西方國家、蘇聯時期或現在的俄羅斯、甚至中國，都慢慢對中東政局發揮影響力。

二〇一〇年末埃及的茉莉花革命爲開端，影響許多中東阿拉伯國家的強人（多爲軍事將領）垮台，但中東並未因而眞正導向穩定的民主化發展。在這樣的變動中，不只境內的庫德族人、亞美尼亞人開始在被壓迫中爭取權益，連阿拉伯國家在內的不同伊斯蘭教派也競相爭奪政治權力，一個以「伊斯蘭國」爲名的組織更在敘利亞和伊拉克之間攻城掠地，成爲擾攘不安的火藥庫。

與巴基斯坦交界，屬中東之東的阿富汗，北與俄羅斯南側的前蘇聯境內共和國交壤，政局仍賴美國介入的軍事力量協助維持。相形之下，沙烏地阿拉伯這個以紅海和非洲的埃及、蘇丹相望的產油大國較爲穩定，維持親美的力量，而與中東西北之域的敘利亞、伊拉克、伊朗鄰接的土耳其則橫跨歐亞，似乎更近於歐洲而非中東國家。

從中東的國家看待，或從詩看中東國家，交織著既古老又新穎的詩風景；

交織著既美麗又傷感的鳴唱與嗚咽；更交織著歷史與現實的光影。

一個死於流亡中男人的意志

（巴勒斯坦）阿爾・嘎幸 作　李敏勇 譯

點燃火光讓我看到火焰鏡子裡的
鄉間小路，橋梁
以及金色的草地。
點燃火光讓我看到我的眼淚
在大屠殺的夜晚，
讓我看到你姊妹的屍體，
她的心是一隻鳥被外來的口舌撕裂，
被外來的風。
點燃火光讓我看到你姊妹的屍體
讓我看到茉莉花樹

就如一件壽衣，
月亮
就如一個大發雷霆的火伕
在大屠殺的夜晚，
點燃火光讓我看到自己的死亡。
我的苦難是你得到的僅有遺產。
我的苦難在茉莉花樹之前
轉而成為目擊證言，
月亮
成為目擊證言，
點燃火光讓我看到
點燃光……

阿爾・嘎幸（Samīḥ al-Qāsim, 1939-2014）和達衛許（Mahmoud Darwish, 1942-2008）是巴勒斯坦兩位最出名的詩人。生於約旦的阿爾・嘎幸定居在以

色列境內的巴勒斯坦地區，而達衛許則是居住在境外。阿爾．嘎幸拒絕被以色列徵召入伍，並積極參與巴勒斯坦建國運動，多次入獄，但作爲「戰火之子」——這也是他一本詩集之名，一九四九年的以阿六日戰爭烙印在他心靈，成爲他的創傷，也是他詩中的創傷，讓他日後致力於阿拉伯圖繪出版和民謠藝術發展。阿爾．嘎幸也是一家巴勒斯坦報紙的主編。他最終死於流亡途中，但意志仍舊鮮明，這就是巴勒斯坦人的詩的聲音。

火的子民　（巴勒斯坦／以色列）尼達．柯麗作　李敏勇譯

燒燬世世代代
燒燬橄欖葉
升起怒火，
燒燬他們的指紋。
煙。
燒燬他們的離別會

走了。
燒燬他們的烹飪書

燒燬慈善
灌注小麥
並撒布
在屋頂，
他們燒燬蠟燭的終端
以照亮墳地的羞恥。
穿著灰燼並像煤炭一樣躺下來。

尼達・柯麗（Nida Khoury, 1959-），是巴勒斯坦詩人，但她居住在以色列國境內，也被以色列視爲本國詩人。以阿拉伯文寫作的她，詩作呈顯在以色列統治下巴勒斯坦人的心聲，這樣的心聲也被收錄在許多以色列詩選。尼達・柯麗在上帝應許之地以細膩的抒情低吟感傷的聲音。

調停方案 （以色列）塔瑪拉・布洛德・美爾尼克作 李敏勇譯

耶路撒冷
被
完美地
分割——
男人
在土地上
而
神祇
在天空中
或者相反。

塔瑪拉・布洛德・美爾尼克（Tamara Broder-Melnick, 1950-）是以西班牙

文寫作的詩人。出生於布拉格的她，父親是波蘭外交官，家裡說波蘭語和捷克語。全家於一九五七年移民智利，故在口說與書寫上均習慣使用西班牙文。二十歲時，全家移民以色列。在這個國度中，詩人使用意第緒語、希伯來語和阿拉伯語（主要是巴勒斯坦人），以及法語、英語、德語、俄語、芬蘭語、西班牙語寫作，反映了以色列人在族群上的多元。許多以色列人原分散在世界不同國家，是使用不同語言的猶太人。二戰期間的猶太人大浩劫促成以色列於戰後建國，許多詩人也重新站上以色列發聲，阿米迦（Yehuda Amichai, 1924-2000）、帕吉思（Dan Pagis, 1930-1986）等人都踏上這個新建立的國家。他（她）們也在以巴紛爭和以阿紛爭中介入並作爲見證。然而詩人並不像政治家，他們有更大的同理心，能用詩撫慰彼此的心靈。

以色列和巴勒斯坦，讓我們看到中東的火光與眼淚。與以巴最接近的黎巴嫩，被視爲中東漩渦的核心，當中有伊斯蘭教和基督教延伸的政教衝突，亦存在政黨和政治派系鬥爭，甚至引發內戰。黎巴嫩與敘利亞這兩個和中東以及法國較有淵源的國家，也積結宿怨，並引發爭端，加上以色列內部的巴勒斯坦力量常利用黎巴嫩爲基地，導致以色列的軍事轟炸。

有「小巴黎」之稱的貝魯特是黎巴嫩首都，也是黎巴嫩面對歐洲的門戶，造就其繁榮發展。但在以色列和阿拉伯國家的紛爭下，貝魯特也因而被捲入戰火。一九八二年六月中旬到八月下旬，以色列以黎巴嫩掩護巴勒斯坦解放陣線武裝力量爲名，發動陸、海、空力量攻擊，被稱做「貝魯特圍城」，也叫做黎巴嫩戰爭。原籍敘利亞後入籍黎巴嫩的詩人阿多尼斯（Adonis, 1930-）有一首共三十五篇章的作品〈貝魯特圍城日記，一九八二：沙漠〉，記述了他的憤怒、感傷和關切。艾杜尼斯是阿拉伯世界極爲重要的詩人。

貝魯特圍城日記，一九八二：沙漠

（敘利亞／黎巴嫩）阿多尼斯 作　李敏勇 譯

我徒步行走，牆是一道圍籬——
距離縮小，窗傾倒。
日光是一條線

被我的肺剪斷去縫補夜晚

——〈沙漠〉組詩2

殺戮已經改變這城市的形狀——石頭
是骨骸
人們呼吸著煙。

——〈沙漠〉組詩7

太陽不再升起
它用麥穗覆蓋它的腳
並且溜開……

——〈沙漠〉組詩20

那是錯的
確信太陽不說

那些已被田野書寫但不被季節訴説的事。

——〈沙漠〉組詩28

城市瓦解

地球是一列塵埃的火車

只有愛

知道怎麼密切結合這個場域

——〈沙漠〉組詩32

你會留下我的朋友

那些老朋友或遺落

在碎玉裡的

喔，穿戴雲彩的光，上主絕不會死去。

——〈沙漠〉組詩35

黎巴嫩詩人系譜中，紀伯倫（Khalil Gibran, 1883-1931）享譽世界，被認爲頗有英國詩人威廉・布雷克（William Blake, 1757-1827）的風采，能詩能畫，有神祕主義的色彩。他年幼時即移民美國，在紐約發展，並在異鄉組成筆會。阿多尼斯也享譽世界，他的詩不只見證他的敘利亞，也見證他的黎巴嫩，見證他的阿拉伯世界。他的一首敘述他從原生國度流亡的詩〈給掌握中時光的輓歌〉（李敏勇譯），以近三百行篇幅吟唱一位阿拉伯詩人的聲音。在結尾時，詩的回答，悲愴又有力。

「你的家在哪兒？
哪個營地沒有名字？」

「我的國家自暴自棄，
我的靈魂已經離開我。
我沒有家。」

伊朗是中東以東的國家，也是一個古波斯傳承的國家。二戰後，在一九五〇年代中期由巴勒維掌權，在美蘇對抗期間成爲美國的棋子。一九七〇年代末，柯梅尼發動革命，建立政教合一的伊斯蘭教原教旨（基本教義派）國家，一直到他死後，才稍稍紓解其「聖戰」的革命概念。伊朗和伊拉克兩強間時有衝突，也在一九八〇年代發生持續多年的兩伊戰爭，牽動石油危機。

我是悲傷的　（伊朗）法洛克巴札得 作　李敏勇 譯

我是悲傷的
我是悲傷的
我到陽台並以我的手指感受
夜晚緊繃的皮膚
沒有人會引介我
給太陽

沒有人會帶我參加燕子的盛宴

壓抑在心靈飛翔

鳥正在死去

法洛克巴札得（Forugh Farrokhzad, 1935-1967）是一名伊朗的女詩人，她只活了短短的三十二年，最後死於炸彈爆炸案。她的詩，就像戴上黑頭套、披起黑罩衫的女人的悲傷細語，哀怨至極。太陽在她的國度屬於男性世界。燕子的盛宴象徵春天，也象徵社交場合，都不屬於被壓抑的女性，女性只在夜晚在陽台低吟細語，訴說憂傷。

中東的女詩人輩出，儘管伊斯蘭教重男輕女，礙於文化傳統的女性也備受壓抑，但在歐洲殖民文化影響下，許多家世良好的女性也受到良好的教育，並具有進步思想。有些思想進步的女性在動亂時局流亡出走他國，成爲在中東以外的中東詩人，卻也在流亡的情境裡，不免因文化衝突而產生惆悵之嘆。

新年　（伊拉克）米克亥爾作　李敏勇譯

1

門上有敲打聲
多麼令人失望……
是新年但不是你的。

2

我不知道如何把你的空缺加在我的人生。
我不知道如何把自己從那減去。
我不知道如何
從實驗室的燒瓶中分割它。

3

時間停在十二點位置
並擾亂鐘錶匠。

鐘沒有瑕疵
那只是手的問題
它們擁抱並且遺忘這世界。

流亡中的鄉愁流露在伊拉克詩人米克亥爾（Dunya Mikhail, 1965-）的詩，她在一九九六年移民美國，成爲某種意涵下的美國詩人。出生於巴格達的她，在阿拉伯文化與美國文化薰陶下成長，經歷兩次伊拉克戰爭，海珊掌權時代離開這個成長時期所屬的國度。她著有《缺席的讚美詩》《等於音樂》兩本阿拉伯語詩集，並在美國出版《戰火猛烈》英語詩集。她的詩對阿拉伯國度的戰爭災難有著深刻的見證。紛亂的伊拉克，不只曾於強人海珊時代多次發動對科威特的侵略，內部也動盪不安，特別是伊斯蘭國在伊拉克和敘利亞的肆虐。

埃及位於非洲大陸北端，金字塔、人面獅身像，沿著尼羅河流域的古文明光影交織當代生活的形形色色，從納塞、沙達特到穆巴拉克，軍人出身的領導者都在阿拉伯世界扮演舉足輕重的地位，有阿拉伯大國的角色。挾著控制蘇伊士運河這個歐、亞、非重要海運通道的埃及，在軍事強權和伊斯蘭教勢力的政教拔河中，既有威權獨裁又有宗教力量作用的政治不安。一九八八年，小說家馬富茲（Magulb Mahfouz, 1911-2006）獲諾貝爾文學獎，爲阿拉伯文學放出光彩。這個國家，在二〇一一年發生茉莉花革命，影響了阿拉伯諸國的民主運動，利比亞這個也在北非的阿拉伯國家強人格達費因此下台，被斬首，但又在政局紛亂中回到軍事政權。

我們扮演什麼？　（埃及）安德烈・秋蒂得 作　李敏勇 譯

有什麼我們能夠做的？
除了蒔植我們的陰影
這當兒遠方
宇宙燃燒並消逝

有什麼其他我們能做的？
除了消磨時間

這當兒鄰近
時間計數我們到死亡

有什麼其他我們能做的？
除了停駐在地平線
就當在遠方
和在鄰近

現實的衝突

安德烈．秋蒂得（Andree Chedid, 1921-），出生於埃及，用法語寫詩，也出版小說、戲劇。像許多阿拉伯國家的女性詩人一樣，她在詩裡質疑著自己存在的現實，進而追問意欲突破卻籠罩著陰影的社會困境。

古文明和近現代文化的交會，因石油能源而在世界經濟動向產生作用，然而在自身的極端主義與世俗衝突，加上貧富不均的社會，捲入列強勢力的區域衝突等……這個曾在鄂圖曼帝國影響、控制下的區域，逐漸形成非民族化的多元國家。在這個被解構的政治區域，呈現出既相似又不同的樣貌，仍有庫德族人未能建構自己的國家，持續吟唱著被壓迫、流離的歌。在埃及，新月沃地以及廣大沙漠形成的阿拉伯半島，詩既是美麗的鳴唱，也是感傷的鳴咽。

詩的二十堂課
第十四堂課

非洲，
在黑色熾熱大地
綻放豔紅之花

他們熾熱的靈魂，
敲擊著鼓面，
讓黑暗大地發出顫抖之聲。

非洲，被稱作「黑色大陸」，不只是指人種的膚色，也因歷史際遇中的困厄。北方地中海沿岸的摩洛哥、阿爾及利亞、利比亞、埃及與中東關聯較深，屬阿拉伯文化國家。大陸上多爲黑色人種，西鄰大西洋，東接印度洋，約有五十多個國家，有些臨海，有些在內陸。在殖民強權開啓對世界的掠奪時期，歐洲諸國據占、分治此地，白色人種踏上黑色人種的土地，剝削資源，也留下深遠的文化影響，現今的非洲諸國除了各自的語言外，也通行英語、法語，甚至葡萄牙語、荷蘭語、德語。

陸上面積僅次於亞洲大陸，北部有撒哈拉沙漠，東南部有大裂谷。全世界最長的尼羅河更從東南到東北貫穿好幾個國家流經埃及出海，孕育出豐美的古文明，上游還分布有藍尼羅河、白尼羅河的支流。豐富的礦產蘊藏在中部和南部，有黃金，也有鑽石。地中海氣候影響了北端和南端，盛產葡萄及其他水果。低於海平面一百多公尺的阿薩爾湖（吉布地）和海拔五千八百九十五公尺的吉力馬札羅山（坦尚尼亞），在地勢上也產生了極大的落差。赤道沿線的帶狀熱帶雨林、大草原上生長著各種野生動物及家畜。約有七億人口在這個神祕的黑暗大陸生活。

非洲北邊的埃及是古文明國家，迦納、奈及利亞的貝南帝國、剛果早已建立王國。十六世紀，葡萄牙在安哥拉建立殖民地；十七世紀荷蘭抵達好望角，後來被英國奪取；法國於十九世紀初入侵阿爾及利亞，接著占領突尼西亞、馬達加斯加；甚至義大利也在二十世紀初征服利比亞，入侵衣索比亞；比利時接管剛果。一九六〇年，歐洲列強對非洲的殖民才在比屬剛果的內戰後方告終結，十五個非洲國家獲得獨立而改變，其後許多新的非洲國家相繼成立。

十七世紀，荷蘭在好望角建立殖民地，後來被英國奪取，英國又於祖魯戰爭中擊敗祖魯人，二十世紀初成立了南非聯邦，發展出前白人統治的南非共和國，直到曼德拉從南非國民黨手中贏得政權，而成爲黑白共治的國家。長時期歐洲列強的「非洲瓜分」把原先的非洲政治結構打破，形成現在的非洲國家形貌。英語、法語、葡萄牙語成爲獨立的非洲諸國與其母語並立的官方語言，也是通行語言。由於多年受歐洲殖民，許多非洲人反過來成爲原殖民者的國民，殖民統治的歷史遺留，以反滲透方式在原殖民者社會發生作用。而非洲的政治和文化交織著原生文化因素和殖民文化樣貌，非洲的詩也在這種文化交織的影響下，呈現土著母語和殖民語言系譜，以英語和法語從事寫作的普遍現象與反思，更構成非洲獨特的詩歌性。非洲這個敲擊著鼓面，在黑暗大地發出顫抖之聲的地域，心的音樂就像鼓聲雷動，也像詩的脈動。

新興非洲的悲哀（奈及利亞）歐沙貝作　李魁賢譯

我餓得半死，
我求賜麵包而他們給我石頭。
我渴極了，
我求賜清水而他們給我泥漿。
馬兒該再稍待片刻，
一旦撒哈拉沙漠有了水流，
青春的草地即刻是一片繁榮景象。
我沒有領導者；
候選人出賣我去換麵包。

他們嘮叨而又好爭吵，
我也被他們的空談弄得痲木。
我太年輕，還太愚笨
無法獨自找出達到目標的正途。
我等待著，卻是徒然。

歐沙貝（Dennis Chukude Osadebay, 1911-1994）是律師、政治家、也是詩人。這樣的多重角色反映出在歐洲列強殖民後獨立的非洲，其知識分子、文化人的多元色彩。他的詩呈現獨立後非洲的困境，後殖民現象的問題也反映在詩人的思考裡，既有所盼望，也有失落的惆悵。他在英國學習法律，從殖民者手中取得知識力量和文化武器，參與獨立運動，並把許多詩作發表在流通發行量大的報紙。新興非洲的悲哀，不僅是奈及利亞而已，也是泛非洲國家的課題。

索因卡（Wole Soyinka, 1934-）是一九八六年獲得諾貝爾文學獎的奈及利亞詩人，他的戲劇尤其出名。在奈及利亞的大學接受英式教育，並前往英國里茲大學留學的索因卡，在一九六〇年代奈及利亞內戰時，因支持泛非主義反分離運動而入獄，後來流亡國外多年。一九七〇年代，他擔任非洲人民作家協會總書記，支持非洲的社會主義革命。他的《獄中詩集》（Poems from Prison）及《此人已死：獄中筆記》（The Man Died: Prison Notes）留下他人生的心影。他編纂過一本《非洲黑人詩選》（譚石等人譯介及選編．台灣敦理出版社一九八七年刊行），並曾來訪臺灣。

資本（奈及利亞）索因卡 作　譚石 譯

不可能是
這樣的種籽，孕育出人類習慣的
大地——我曾看見這種籽聚成的
瀑布，五穀密撒的充實
從張大嘴巴的急喘裡，嗝出
快樂的滿足；我發誓，這些穀子

那時是哼著歌唱——

不可能是
這樣的政策，反自由的審慎
讓我生命中的殘燼
轉成死灰，汙染的大海裡
躺著酵母的溫床，膨成
麵糰
陳列在世界的市場上。

出生於奈及利亞約魯巴族部落，索因卡接受英國式教育，研究戲劇，並在大學任教。他經常批評奈及利亞政府，也嚴厲批評世界其他國家的暴政，中國的六四天安門事件讓他做出不平反就不進入中國的決定。這位長年旅居美國的詩人、劇作家、文學教授，是人權的使者。

在帝國殖民、資本主義的掠奪下，獨立後的非洲國家仍受到內部的後殖民和外部的列強作用力介入，也在經濟和文化的負面壓力影響下困厄重重。索因卡的詩裡反映了非洲的傷痛，也顯示其批判。

非洲的詩人大多有接受相關殖民國的高等教育，有許多獨立時躍上舞台的詩人，他們同時也是政治家。塞內加爾的沈果爾（Léopold Sedar Sénghor, 1906-2001）留學法國，對黑人傳統文化運動極爲投入，被視爲二十世紀非洲最重要的知識分子之一。創立了塞內加爾民主聯盟的他，是塞內加爾一九六〇年獨立後的首位總統，一直到一九八〇年，他的詩〈陰影之歌〉成爲塞內加爾國歌歌詞。沈果爾的〈向面具禱告〉一詩，以非洲人舞蹈的文化底蘊祝禱非洲，呼喚非洲的靈魂，鏗鏘有力，動人心弦。他的一首詩〈我爲你譜曲〉充滿抒情性，清新迷人。

我為你譜曲　（塞內加爾）沈果爾 作　李魁賢 譯

我為你譜一支曲，有如中午鴿鳴般甜美

我的卡蘭三弦琴輕輕地伴和著
我為你編一首歌，你卻未曾聽我唱過。
我獻給你野花，香氣有如巫師眼睛般神祕
它的華麗多彩有如珊果馬的黃昏。
我把野花獻給你，你會讓它枯萎嗎？
當你和蜉蝣嬉戲時。

位於非洲東南海岸的莫三比克是前葡萄牙殖民地，一九七五年才脫離被殖民狀態獨立，但歷經因左右政治力量引發的內戰多年，一直到二十世紀末期才在聯合國調停下和解。這裡種族複雜，黑人也分成許多勢力，民主的進程充滿荊棘。

假如你要知道我（莫三比克）諾耶米亞・索沙作　李敏勇譯

假如你要知道我
以細心的眼
這片黑色木頭
一些不知名的馬孔德兄弟
在遙遠的北方土地
以他振奮的手
切割並且雕刻。

這就是我的空虛凹槽
擁有人生的絕望
一張嘴因痛苦的創傷哭喊張開
巨大的手向外伸開
以詛咒和恐懼之形站立

身體以看得見和看不見的創傷刺青。
痛苦而且華麗
光榮而且神祕
非洲從頭到腳
就是我的樣子。

假如你要了解我
來，彎身在非洲靈魂的上方
在黑色的船塢工人的呻吟中
秋佩茲人瘋狂之舞
強安納斯人的反亂
在奇怪的悲傷流動
從一首非洲的歌，穿經黑夜。
那不要再闕説

要知道我
因為我什麼也不是只算蚌中之肉
非洲的反叛凝結
它的哭喊孕育希望。

這位莫三比克女詩人諾耶米亞．索沙（Noémia de Sousa, 1926-2003），以該國三種族：馬孔德人、秋佩茲人和強安納斯人的形影，交織成常見的木雕工藝人像，以訴求自己的身分認同（Identity）。這是泛非洲黑色人種的情境，在困境中爆發出一種堅毅。

馬拉威是非洲的內陸國家，位於東南裂谷邊緣。因鄰近莫三比克，一九八〇年代曾收容鄰國內戰時逃出的大量難民。這個前英國殖民地於一九九〇年代邁向民主化，臺灣的農耕隊曾在該國輔導農業耕作。從獨裁走向多黨民主制的馬拉威，國土面積中的五分之一是非洲第三大湖尼亞沙湖。

詩藝宣言（馬拉威）法蘭克・齊普素拉作 李敏勇譯

我追索的只是詩要密切的注視世界；
我追索的只是意象要在我的國家黑暗天空的
上方落置一盞燈並照亮泥塵。
現今，我的詩藝已確認發自我心的表白。

法蘭克・齊普素拉（Frank M. Chipasula, 1949-）是馬拉威在國際和國內都被知曉的詩人，也是大學教授。他在馬拉威、尚比亞的大學完成學業。一九七六年，離開馬拉威，之後到美國，在耶魯和布朗大學攻讀非裔美國人研究及英國文學，並在布朗大學得到博士學位，之後在美國中西部的內布拉斯加州立大學從事黑人研究教程。這位曾在臺灣淡江大學英文系任客座教授的馬拉威詩人，也寫小說、電臺廣播劇，他的一首〈無題〉小詩，流露眞摯之情。

無題（馬拉威）法蘭克・齊普素拉 作　李敏勇 譯

豐富這世界
讓它美麗；
而當你離去時，
讓地球想念你。

從被殖民到獨立，非洲黑人的覺醒運動不只反映在政治，也反映在文化。詩人輩出，既承續本身的傳統，也從殖民的文化意識獲得養分。他們的詩，有悲哀、痛苦的訴說，也有奮進、激昂的宣誓。喀麥隆是曾被德國統治三十年，又被英、法瓜分，後來獨立的非洲國家，前法屬區和英屬區先後從殖民解放，兩種殖民語言造成民族間的緊張，在多種族的喀麥隆帶來內部動盪。這個位於非洲中西部海岸線，以法語和英語爲官方語言的國家與奈及利亞有領土上的爭議，並發生過衝突。

新生（喀麥隆）容鐸作　李魁賢譯

當樹已枯
當日正炎
原是充分活力的誕生
卻憔悴奄奄
於是我明白了
由碎散木棉的腐殖地
會再茁長新生的毒牙
而我們無數生命的死亡
將是我們自由的生殖器

容鐸（Elolongué Epanya Yondo, 1930-），這位法語詩人，對於後殖民解放經歷的傾軋、破滅有一種置死地而後生的領悟，這也是許多非洲國家詩人在作品裡的精神。他們嚮往自由，認爲經歷的痛苦是爲了自由。

南非是非洲最南端的國家，國土境內有另一個國家賴索托，最南端的好望角是大西洋和印度洋海域的燈塔守座標。荷蘭人先來到南非，英國繼之。英國殖民者在南非屠殺過祖魯人。一九一〇年，南非聯邦的白人統治壟斷統治權力，仍為英國統治範圍。一九三〇年獨立後，於一九四八年採取種族隔離政策，並於一九六一年脫離大英國協成為共和國。

在白人獨占統治期間，不只內部的黑人抗爭不斷，一九一二年成立的非洲民族議會更是抵抗運動大本營。曼德拉自一九六四年被囚禁，於一九九〇年獲釋，並於一九九四年當選總統。這種演變，是因一九九〇年戴克拉克擔任國民黨領導人與南非總統此後採取的和解路線所致。白人總統戴克拉克與黑人領袖曼德拉在一九九三年獲得諾貝爾和平獎。一九九四年曼德拉當選總統，並於一九九六年開始實施新憲，終結了四十五年來由國民黨立憲的白人統治。

南非從國際社會經濟孤立，以及政治封鎖的制裁中解脫後，開始展現其和解的企圖。曼德拉當選總統後，在黑人主教屠圖主導下的「眞相與和解委員會」，致力於轉型正義，成為典範。繼曼德拉之後，姆貝基當選總統，已不再是黑人主導政治，白人主控經濟的國家。目前南非白人占百分之十六，祖魯人占百分之二十三，其他還有各種族黑人、混血人種等。

在白人壟斷統治權力時，仍有白人詩人、小說家脫出白人主義、殖民主義立場，同情並聲援黑人處境。女性小說家葛蒂瑪（Nadine Gordimer, 1923-2014）於一九九一年獲諾貝爾文學獎；另一位小說家柯慈（J. M. Coetzee, 1940-）則於二〇〇三年獲獎，都顯示了文學的超越與介入態度，以及關心公平正義的情懷。詩人更寫下許多歷史見證。

這個小孩在奈安加*被軍人射殺而死　（南非）瓊寇作　李敏勇譯

這個小孩沒有死
這個小孩攤開雙拳撲向母親
他喊叫非洲！喊叫自由的
氣息和在封鎖的中心地帶的
草原

這個小孩攤開雙拳撲向父親
在各個世代人群的行進中
他喊叫非洲，喊叫正直的
氣息和他群眾集結的光榮街道的
血

這個小孩沒有死
既不在蘭加也不在奈安加
既不在奧蘭多也不在夏波威里
不在菲律比的警察局
在那兒他因槍彈射到腦部而躺下

這個小孩是軍人群的陰影
以長槍和棍棒的隊伍警戒
這小孩全然是群眾和法律給予的禮物

這小孩穿經房屋的窗凝視進入母親們的心
這小孩只想在奈安加的每個地方的陽光下嬉戲
這小孩長成男人要旅行全非洲
這小孩成長會有穿經全世界的浩瀚旅程

無須一個死亡

註：奈安加、奧蘭多、夏威波里、菲律比都是南非的城市。

瓊寇（Ingrid Jonker, 1933-1965）是南非的女詩人，出自白人家庭，父親是政府審查藝術、娛樂和出版品的檢查機構主管，但出於詩人天職，她的詩和行動都與政府對立。她的個性自由、開放、進取，她之後離家出走，也出走南非，遠遊歐洲各地，不過最後仍回到故鄉。她最後以投海結束了自己的生命。這首〈這個小孩在奈安加被軍人射殺而死〉是曼德拉在一九九四年就職總統時，在典禮上朗讀的詩。二〇一〇年，以她人生爲經緯的一部電影《黑蝶漫舞》（Black Butterflies）在臺灣放映，感動了許多原先並不知道她的人們。她的詩是白人統治南非時期，存留在詩裡的良心。

非洲的黑色熾熱大地，蘊藏著熾熱的靈魂，經過長期被歐洲殖民，更蓄積了歐洲的文化，豐富了詩的心靈。僅次於亞洲的世界第二大陸非洲，聚居了全球十分之一的人口，在赤道雨林環繞的大草原、沙漠，遍布野生動物和礦產；擁有土著風俗和回教、基督教信仰交織的南非，在黑人取得政權後，白人的絕對統治已成歷史。然而，黑人和黑人間的政治紛爭仍在許多獨立後的國家存在，有的國家更因信仰和地域的分歧而出現分離運動，二〇一一年的蘇丹就是個例子。這個非洲面積最大的國家，一九五六年自英國和埃及的統治獨立，北部信奉伊斯蘭的阿拉伯人和南部手持《聖經》的非洲人的衝突、內戰、種族屠殺，導致二〇一一年七月九日，南蘇丹脫離蘇丹獨立，另立南蘇丹共和國，成爲聯合國第一百九十三個會員國，也是非洲第五十四個國家。一部描述南蘇丹的電影《扭轉命運的樂章》（The Good Lie），二〇一四年十月間曾在台灣上映，敘述如此的災難情境。南蘇丹獨立時，被稱之爲慶祝「甜蜜的分離」（Celebrates a sweet separation），一位南蘇丹雕刻家、學者莫比（David

Morbe）以這樣的詩行，慶祝獨立。動人的詩句印製在旗幟上。

慶祝南蘇丹獨立　（南蘇丹）莫比作　李敏勇譯

獨立的南方是我們分離的家屋
那擁抱所有的南方人
自由生活在未墾拓的荒地中
非洲有我們自己的傳統
獸群在牛群後方
農人在田野
捕魚人沿著尼羅河
獵人在叢木裡
不識字的人穿戴山羊皮
插著鳥的羽毛
比起在阿拉伯人統治下成為學者好得多了

詩的二十堂課
第十五堂課

在歐洲東南邊緣的吟詠和歌唱

頌揚或哀傷，
已逝的往日榮光。
在普照的地中海陽光下，
品嘗酒與蜜的滋味。

歐洲的東南邊緣，以土耳其和希臘爲界，向西是義大利、西班牙和葡萄牙；向北是前南斯拉夫解體後獨立出來的馬其頓、阿爾巴尼亞、赫塞哥維亞、克羅埃西亞、斯洛維尼亞……，以及一般稱之爲東歐的保加利亞、羅馬尼亞、匈牙利、捷克、斯洛伐克、波蘭，甚至更北的波羅的海三小國：立陶宛、拉脫維亞、愛沙尼亞等國家。這些國家，土耳其的歐洲部分與愛琴海周邊希臘神話中的古文明交織；義大利爲古羅馬帝國之後，西班牙和葡萄牙均曾爲帝國時代的強權；而東歐諸國，在第一次世界大戰和第二次世界大戰均扮演特殊角色，二戰後東歐在共產體制下經歷困厄，波羅的海三小國更曾被蘇聯統治，在歷史演進中都各自呈現了特殊的文化風景。

先來看看土耳其這個原鄂圖曼帝國崩潰後，一九二三年由民族主義者凱末爾建立的國家。僅管她的歐洲部分比例甚小，僅在首都伊斯坦堡橫跨黑海西側，但這個西鄰愛琴海、西南爲地中海的伊斯蘭教世俗化國家具有很濃的歐洲性，而不像中東、西亞的伊斯蘭教國家。其中庫德族人尋求建立自己國家的努力和紛爭仍然是土耳其東域的問題，而東北境內的亞美尼亞人也是動盪的來源之一。這個從冷戰時代以來就一直親美的國家，在一戰後以來的政治形勢，也曾出現軍事統治的威權化，但從旅遊景點的壁氈上並列現任總統與曾被放逐、死於蘇聯時期莫斯科的詩人納京・喜克曼（Nâzim Hikmet Ran, 1902-1963）肖像，也可窺出時代的演變。

今天是星期天　（土耳其）納京・喜克曼作　李敏勇譯

今天是星期天。
今天，他們第一次帶我到太陽下。
而我人生頭一次驚奇於
天空這麼遠
這麼藍
這麼廣邈。
我站在那兒動也不動。
然後恭敬地坐在草地上

抵著白牆。
這時候，誰還關心我渴望去滾動的海浪
或鬥爭，自由或我妻子。
家園，太陽和我……
我感覺多麼快活。

納京・喜克曼是一位在大時代下憧憬紅色革命的詩人，在法西斯和共產主義對峙的年代，多少文化人、藝術家捲入這樣的洪流呢？被逮捕、監禁、流亡的命運，讓這位土耳其詩人亡命莫斯科，最終死於異鄉。

照片　（土耳其）蘇雷亞作　李敏勇譯

三個人在車站
男人是悲傷的

悲傷得像悲傷的歌

女人是美麗的
美麗得像美麗的記憶

孩子
悲傷得像美麗的記憶
美麗得像悲傷的歌

這是土耳其的人生風景，也是文化風景。土耳其在歐亞之間，詩人蘇雷亞（Cemal Süreya, 1931-1990）以一張在車站的家族照片，引喻一個家庭中三個土耳其人的心境。美麗的女人、悲傷的男人、美麗又悲傷的孩子，意味的是什麼呢？一種生活況味？一些人生寫照？彷彿博斯普魯斯海峽穿梭往來兩岸間渡輪的汽笛聲傳來哀愁的調性，喻示著生命或生活的滄桑。但土耳其也有像威立卡尼克（Orhan Veli Kanik, 1914-1950）這樣的詩，充滿對自己國度風景的迷戀。

旅行　（土耳其）威立卡尼克作　李敏勇譯

白樺樹是美麗的
平靜的
當我們到達
最後一站
我寧願
成為一條河
成為一棵白樺樹

廣大的土耳其，北方黑海，西邊愛琴海，南邊地中海，卡帕多奇亞高原綿延其中。白樺樹和河流成爲詩人心目中的至愛，這也反映了土耳其人的某種心性。跨越歐亞，卻充滿歐洲性；伊斯蘭教國家，卻不像中東諸國，而是宗教世俗化的國家；一個盛產水果、橄欖油、棉花，在農產品與紡織工藝極具市場條件的國家，在歐洲邊緣，飄揚著星月旗，卻隱約顯現政治陰影的國家，詩人的聲音有多元多重的抒情風景。納京·喜克曼也關心希臘的自由情境，比他略晚出生，同樣也綻放詩之光芒的希臘詩人黎佐（Yiannis Ritsos, 1909-1990）在希臘軍事統治期間而入獄，他有幸比納京·喜克曼活得更久。

頌歌　（希臘）黎佐 作　李敏勇 譯

他正站在街道遠方彼端
像一株褪盡葉子的灰褐之樹
像一株被太陽炙燒之樹
頌讚著那不能被燃燒的太陽

黎佐的詩有哀歌，也有頌歌，他關心政治，卻承受失去自由之苦。他的抒情詩彷彿栽植在他自己國度的行句之樹，在風中在太陽下也在雨裡站立著，鐫刻在希臘人民的心中。希臘這個多島嶼的國家，常與土耳其發生領土衝突，二戰後，在保皇主義和共產主義鬥爭中，曾短期實施君主立憲，後來在一九七三年成立共和國，但因軍事政變後政局不安，政治紛爭不斷。加入歐盟及歐元區後，經濟發展並不順遂，依賴文明遺產吸引世界的觀光人口。這個文明古國在神話之境吟詠著碧海與藍天交會的光，在橄欖林的搖曳中被風吹拂。

祭祀　（希臘）娜娜．伊莎亞作　李敏勇譯

黑暗時代的統治
沒有方法讓你再度甦醒
黑夜沒有解答

在你一直躺在那兒之時

我祭祀你站立的身體
（但對的是什麼？）
一如我日常生活
整理房間

娜娜・伊莎亞（Nana Issaia, 1934-）這位當代希臘女詩人，出生於雅典，也是一位畫家。在雅典的許多希臘神話時代神殿，供奉著許多神祇。昔日的光榮已成過往，那些神祇平躺著死去，神像站立著讓人祭祀。詩人從黑夜和黑暗時代相對照，喻示那已失去榮光的歷史。祭祀，但對誰呢？對什麼呢？就像生活的日常性。另一位希臘女詩人瑪絲託拉姬（Jenny Mastoraki, 1949-）也有對希臘神話榮光不在的諷喻。

汪達爾人　（希臘）瑪絲託拉姬 作　李敏勇 譯

如今他們在海岸進行著掠奪。

在汪達爾人的活動中
那通常是一種堅定的信念
認為歷史終將審判
多利斯人。

汪達爾人（Vandals）是四世紀在北非建立的古國，屬日耳曼人的一支，避匈奴而西逃，後亡於羅馬人。而多利安人（Dorians）是古希臘的一族。不同族群的對立存在著歷史的遺恨，遺恨中也有未被實現的信念，希臘神話常在希臘詩人作品中顯現。

亞得里亞海的另一邊是義大利長靴的國土，綿延八百公里的義大利，向南伸入地中海，曾是一個帝國，現在是一個旅遊國家。羅馬留下城市的美麗形影，佛羅倫斯更是文藝復興時期的文化中心。水都威尼斯在北方與南方的西西里島相互輝映，各具風情。曾經因墨索里尼的法西斯政權統治，二戰時與納粹德國的希特勒一樣面對戰敗，戰後不斷的國會改選，內閣常重組導致政局不穩。但時尚設計的藝術品味和美食生活情調，使義大利成爲世界旅遊的熱門選擇。二戰後也從農業國發展成工業國家。

群鐘之歌　（義大利）帕索里尼 作　李敏勇 譯

當夜色在噴泉裡隱沒自己時，
我的村莊是模糊的顏彩。
遠離的我，記得村莊的青蛙、
月亮、蟋蟀的悲傷顫音。
晚禱起鳴並消失在田野裡，
我不能感知群鐘之歌。
我是一個愛的精靈，
從遠方回到家鄉，在越過草原的甜美飛翔
陌生，而且不安。

帕索里尼（Pier Paolo Pasolini, 1922-1975）是一位重要詩人，也是著名的電影導演、小說家、劇作家與文學評論家。他出生時，墨索里尼開始踏上政治舞台。二戰時期，出生波隆那的帕索里尼於大學畢業後離開故鄉，他不像他弟弟在前南斯拉夫參加反抗軍，而是不斷寫作，實踐他的美學、文化和政治覺醒，後來加入共產黨卻走上不同的路線。在羅馬展開電影生涯，與費里尼、貝托魯奇共事，先從事劇本寫作，後來導演電影。他的人生結束於被刺殺，印證了二戰後義大利政治思想的紛爭，這也讓他成爲「被詛咒的詩人」。

〈群鐘之歌〉闡示從故鄉小城到大都會的一位詩人的思鄉情境。在義大利這樣一個天主教國家，教堂是各個鄉鎮的象徵構造，黃昏時晚禱的鐘聲響起，呼喚離鄉遊子的心。帕索里尼的鄉愁和離鄉的徬徨呼應在鐘響裡，此起彼落的鐘聲召喚愛的精靈，那是故鄉的記憶。

不僅帕索里尼的介入參與，翁加雷蒂（Giuseppe Ungaretti, 1888-1970）是一位隱祕派詩人，隱祕派強調詩歌的和諧與協調，以及事物本質的奧祕。翁加雷蒂歷經兩次世界大戰，在埃及出生，青年時期才回到羅馬。他的詩代表義大利心靈的另一面，雖然包含了生活辛酸和戰爭苦難主題，都隱隱在思考中傳達出一種永恆的信息。

不變之律　（義大利）翁加雷蒂作　李敏勇譯

船隻航行，孤單
在夜暮的寂靜中。

從遠方
家屋透露光。

極暗的夜
海消失。

只留下孤獨，不變之律，

隆隆聲隱沒遠去……

它自己再生……

海上航行的船隻和陸地相互呼應，時間在空間中流動，聲音與寂靜，光和黑暗，漂泊的船隻和家屋，事物的隱沒和再生交叉互現，喻示生命的本質、現象的本質，爲看來騷動的義大利帶出沉靜、內斂的一面。曾以工業現象爲當代主義建立了未來派，強調機械文明的義大利也有相對沉靜的風景。

西班牙和葡萄牙自歐洲大陸向西南延伸，分歧於義大利這個長靴地形的另一個觸角伊比利半島，鄰接法國西部。帝國年代，大航海時期，她的船隊航向全世界，由西往東拓展，許多後來獨立的中南美洲西語系國家都曾是其殖民地，卻於十九世紀中期之後，政治和經濟逐漸落後於許多歐洲國家。十九世紀末就開始君主立憲制度的西班牙，政局並不穩定，多次出現軍事政變和軍事獨裁統治，一九三六年，左派的人民陣線贏得大選，右派推動反對共和的軍事行動，引起內戰，佛朗哥後來成爲西班牙領導人。內戰中，世界許多國家的文化人、藝術家紛紛加入西班牙共和軍，抵抗佛朗哥的勢力，卻告失敗，佛朗哥政權統治西班牙長達三十九年（1936-1975）之久，直到其逝世爲止。期間西班牙曾受聯合國制裁，在一九五〇年之後才逐漸被國際社會採納，一九七八年，新憲法再明訂西班牙爲議會民主制君主立憲國家。左右路線政治團體或中間聯盟都曾贏得選舉執政，但這個帝國時代的強國似乎已找不回往日榮光。

離別的談話　（西班牙）羅卡 作　李敏勇 譯

假如我死了，讓陽臺開著吧。
男孩正吃著橘子。
（從我的陽臺我能看見他。）
收穫者正在收割著麥子。

（從我的陽臺我能看見他。）

假如我死了，
讓陽臺開著吧！

羅卡（Federico García Lorca, 1898-1936）是西班牙內戰開始時即被佛朗哥勢力暗殺的詩人，他在西班牙名聲很高，受到大家的喜愛。出身良好家庭的他，愛兒童，也關心農民。有民主意識與社會關懷的羅卡，不只寫了許多給孩童的詩，他也歌詠愛情和自由。他生前還到過美國紐約及古巴，並爲黑人寫詩，關心古巴人民。詩人的家鄉在格瑞那達，是西班牙南方安達魯西亞的大城之一，交織著摩爾人入侵時代的伊斯蘭文化和古羅馬時期文化的互置風景，一位法國詩人保羅．艾呂雅曾以一首詩〈在西班牙〉稱譽自由的風采，自由之樹、自由之嘴、自由之酒，自由、自由即西班牙之味。羅卡在〈離別的談話〉中，至死關心孩子和農人，橘子是西班牙常見的果樹，甚至是行道樹；而小麥則是主要作物，詩人之愛充滿人道精神。

音樂　（西班牙）希梅內斯作　李敏勇譯

音樂——
一個裸體的女人
悲傷地奔跑在清純的夜晚！

希梅內斯（Juan Ramón Jiménez, 1881-1958）是一位作品清純、優美的西班牙詩人，生於安達魯西亞的一個小鎮，年輕時曾遊歷首都馬德里，後雖被迫返回故鄉，最後仍回首都生活，婚後和妻子合譯印度詩人泰戈爾的作品。西班牙內戰後，希梅內斯流亡到波多黎各、古巴、美國，後死於波多黎各。他的樸素、清新風格，既具現代主義特徵又擺脫現代主義影響的獨特風格，於一九五六年獲諾貝爾文學獎，他的純粹影響了西班牙和拉丁美洲的許多詩人。

葡萄牙在西班牙左側，亦即伊比利半島西部，漫長的大西洋海岸線，國土被東北向西南經首都里斯本流向大西洋的塔古斯河貫穿，北方多山，南方低窪起伏不平。大航海時代，葡萄牙也有帝國的盛況，她在拉丁美洲的殖民地巴西隔著大西洋與之對望，已經獨立爲一個大國，歷經自由革命，從君主立憲國家以至共和國，軍事統治與民主化的演變直到一九七〇年代中期才順利進入民主選舉，並於一九八〇年代開啓社會經濟的現代化。交通上原受限於公路系統的不發達，在二十世紀末加入歐盟後，已獲改善，德國導演溫德斯即以一條歐洲高速公路從德國貫穿而南下直抵里斯本爲藍本，穿插大興土木的城市變遷，拍成《里斯本的故事》，生動地呈現葡萄牙的城市生活。一九九九年，葡萄牙小說家薩拉馬戈（José Saramago, 1922-2010）獲諾貝爾文學獎，爲葡萄牙語系國家第一人，他也是詩人。他的一本小說，以《拒絕去世的詩人》爲名，有詩集《可能的詩歌》及《或許是歡樂》。信奉無政府主義、共產主義的薩拉馬戈曾經留下這樣的行句：

當詩句在啃咬空虛的齒間被咀嚼

叫聲緘默
骨骼吱吱作響
沉默會凝結淚珠使指甲變成折刀

在一九七四年的康乃馨革命，軍事政權被推翻後曾擔任國會議員，並兼任內閣部長的女詩人蘇菲亞．安德雷森（Sophia de Mello Breyner Andresen, 1919-2004）曾說：「詩是她對世界的了解，與事物的親近，對眞實的參與，也是聲音與意象的約定。」她出版十多冊詩集，也創作兒童文學，並譯介但丁和莎士比亞。她堅信詩歌是藝術，無關科學和美學理論，與生活是一體兩面。

我感覺到死亡　（葡萄牙）蘇菲亞．安德雷森作　李敏勇譯

我在冷冽的紫羅蘭感覺到死亡
也感覺月亮裡的碩大模糊

大地會毀滅成為一個鬼魂
她自己搖晃所有的死亡

我知道我在寂靜的邊緣歌唱
我知道我環繞死息舞蹈
占有無有

我知道我通過無言的死亡
並且在自己的死亡中擁抱自己

但我已在許多存在中失去我的存有
好多次窒死我的生命
吻我的鬼魂好多次
知曉我行動的不為什麼好多次
因此死亡會簡單得就像

這些歐洲東南邊緣的國家，有古文明的榮光，像土耳其、希臘、義大利前身的古羅馬，也有大航海時代的光采，例如西班牙、葡萄牙。但在近代文明發展中、政經社會卻存在著困頓與挫折。地中海的陽光普照著這些國度，文學和藝術的心靈既澎湃、熾熱又隱藏著困惑和不安。詩人在吟詠，詩人也在歌唱。在花與果樹，酒與蜜的交織中，但見歡笑與淚水洋溢在生活的情境。

詩的二十堂課
第十六堂課

東歐：
在火熱的叫喊和水深的呻吟
綻放自由之光

在我身體我沒有痛苦。
挺起身子時，我看到藍色的海和帆。

東歐及其南北，包括前南斯拉夫聯邦解體獨立的諸國：阿爾巴尼亞、保加利亞、羅馬尼亞、匈牙利、捷克、斯洛伐克、波蘭；以及波羅的海三小國的立陶宛、拉脫維亞、愛沙尼亞。在政治和地理概念上，這個區域混雜了歐洲近現代歷史的多種面向，是在火熱的叫喊與水深的呻吟交錯中，在被焚燒與重新綻放之中的詩歌之聲。

帝國時代的歐洲，這個區域並沒有這麼多國家。波羅的海三小國在俄羅斯控制之中，波蘭、捷克、斯洛伐克、匈牙利在奧匈帝國之中。第一次世界大戰（1914-1918）之後，東歐出現波蘭、捷克、匈牙利等新國家。納粹德國在一九三〇年代末，以「新秩序」之名挑起第二次世界大戰，入據東歐諸國，一直到一九四五年，二戰結束後，東歐在前蘇聯的共產體制控制下，被鐵幕與歐美資本主義自由化國家隔離，經歷長時期的冷戰時代，一直到一九八〇年代末期，才重新自由化，加入新歐洲的陣容。

東歐的中心地帶是波蘭、捷克、斯洛伐克與匈牙利。尤其波蘭，被視為東亞歐的心臟，是歐洲第二個有成文憲法的國家。地勢和緩的平原讓波蘭在防禦上顯得薄弱，以致在十八世紀末期被奧匈帝國、普魯士和俄羅斯聯合瓜分。二十世紀初期，波蘭恢復獨立，卻於一九三九年被納粹德國（原普魯士）和蘇聯（原俄羅斯）入侵。電影《愛在波蘭戰火時》即描述此一史實。納粹德國接著在波蘭奧許維茲（Auschwitz）建立集中營。一九四四年，華沙起義，在蘇聯協助之下，共產黨地下軍成爲二戰後的重建力量，但國家卻受制於蘇聯，與所有東歐國家一樣（前南斯拉夫聯邦爲例外，領導人狄托在一九四八年即與史達林斷絕關係），在華沙公約的規範之下，成爲蘇聯的衛星國。儘管一九五六年曾發生暴動抵抗，仍一直等到一九八〇年代末才成立非共政府。一九九〇年，團結工聯領袖華勒沙當選總統，走向後共黨時代。

說波蘭語爲主，以天主教信仰爲多的波蘭，被視爲二戰後詩歌的聖地。二戰後有兩位詩人分別於一九八〇年和一九九六年獲得諾貝爾文學獎：米洛舒（Czesław Miłosz, 1911-2004）和辛波絲卡（Wisława Szymborska, 1923-2012）。米洛舒在二戰後波蘭共產化專制統治時代初期，即從駐法大使館文化參事職投奔美國，長期任教加州大學柏克萊校區的斯拉夫文學教職，並在波蘭文詩歌與美國詩歌的互譯上貢獻良多。他的文明批評，對自由和民主終必重新在其祖國實現的信念，使他的詩具有正向、崇高的特質，並且終能在有生之年，回到祖國終老。

禮物 （波蘭）米洛舒 作　李敏勇 譯

多麼快樂的一天。
一早霧就散了，我在花園工作。
蜂鳥停在忍冬花上面。
地球上沒有我想擁有的東西。
我知道沒有人值得我羨慕。
無論遭受過什麼災難，我忘了。
想到曾和我一樣的人也不使我感到羞恥。
在我身體我沒有痛苦。
挺起身子時，我看到藍色的海和帆。

禮物指的是自由。自由顯示在詩的最後一行，藍色的海和帆。多麼快樂的一天，是說自己的國家波蘭從共產體制解放，這是他離開波蘭和回到波蘭的理由：自由。這首寫於一九七一年的詩，是詩人信念之所寄，並於十八年後實現，距離他離開波蘭已是三十多年的事。

波蘭的苦難造就了詩的光輝，這歸功於文化的土壤。翻開波蘭的詩史，米洛舒那一世代，辛波絲卡那一世代，格羅霍維亞克（Stanisław Grochowiak, 1934-1976）那一世代，到札嘉耶斯基（Adam Zagajewski, 1945-）這一世代，詩人濟濟。

波蘭南邊的捷克原和斯洛伐克相屬爲捷克斯洛伐克，一九八〇年代捷克自由化後，在總統哈維爾時代和平分離爲兩國。曾爲奧匈帝國一部分的捷克於一九一八年獨立，一九三九年時也和東歐諸國有著相同的命運——被納粹德國入侵，詩人里爾克（R. M. Rilke, 1875-1926）即爲奧匈帝國時代的捷克詩人，小說家卡夫卡（Franz Kafka, 1883-1924）也是。分裂後的捷克和斯洛伐克，互相承認國籍，通行捷克語、斯洛伐克語，甚至匈牙利語。

二戰後，在共產體制下，捷克曾爆發「布拉格之春」的自由化運動，華沙公約的波蘭、匈牙利軍隊進入壓制，但自由的火種並未因而熄滅。一九八九年，哈維爾領導的「絲絨革命」成功推翻共產政權。革命的火種來自「布拉格之春」，來自「公民論壇」蓄積的知識分子、文化人、藝術家共同燃起的熱情與亮光。詩人塞佛特（Jaroslav Seifert, 1901-1986）於一九八四年獲頒諾貝爾文學獎，他有一首詩〈布拉格〉，吟詠自由化運動、未成功的歷史與市民的榮光。這首詩常被印製在餐巾紙，在布拉格的咖啡館，有幸的觀光客可看得到。人們比較熟悉自捷克流亡在外，後來成爲法國公民，並以法文寫作的小說家米蘭．昆德拉（Milan Kundera, 1929-），他曾以〈一首即將消失的詩〉形容布拉格這個美麗之都。捷克人文薈萃，布拉格是美麗之都，也是藝術之都。哈維爾不僅是劇作家，也是詩人。在共產體制時期，一些捷克詩人以地下文學的形式，經由油印相互傳播文學作品。「爲抽屜而寫」的信念是許多詩人、作家，在自己國度的文學運動；而部分作品則流出國外，透過流亡在外的捷克出版社出版。巴茲謝克（Antonín Bartušek, 1921-1974）、賀洛布（Miroslav Holub, 1923-1998）也都是被矚目的詩人。

顯微鏡中　（捷克）賀洛布作　李敏勇

這太像夢中風景了，
月暈般，遺棄之物。
這太像芸芸眾生了，
土壤的耕耘者們。
也像是細胞群，兵士們
在他們的生活中躺下來
為一首歌。

這也太像墓地了，
名聲和雪。
而我聽見呢喃之聲，
廣大土地的反抗。

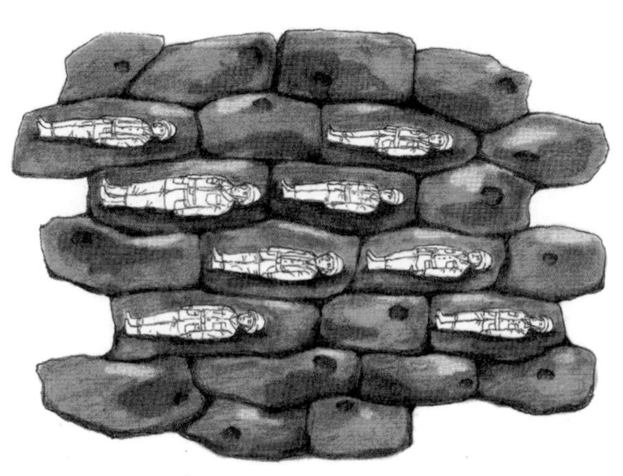

賀洛布是詩人，也是國際知名的病理學家、醫生，他的許多詩都以病理觸及捷克的現實，從顯微鏡看，以小喻大，留下見證。顯微鏡中，觀照了芸芸衆生，兵士們、墓地、反抗的聲音。在捷克的波西米亞地區，二戰後的捷克甚至從一處猶太人集中營發現到一些孩子們留下的詩歌。在美國華盛頓的「大屠殺紀念館」出版了他們的詩集《再也看不到蝴蝶了》。

匈牙利在捷克與斯洛伐克南邊。夾在斯拉夫與日耳曼兩大文化與語言之間的這個國家，與七個國家接壤，馬札爾人早於八世紀就生活在這塊土地。一九一八年，從奧匈帝國獨立爲匈牙利共和國，說匈牙利語，曾支持納粹德國而被捲入軸心國，卻被納粹德國在一九四一年入侵，並出賣給蘇聯。二戰後，匈牙利被蘇聯紅軍從納粹德國解放，後來成爲共產化國家。一九五六年，學生起義，全國示威，要求蘇聯軍隊撤離匈牙利，而被蘇聯武力鎮壓，領導自由化的總理納吉被槍決，直到一九八六年，紀念五六年的起義才再度舉行活動，要求改革，並於一九八七年展開民主論壇，於一九八九年恢復了納吉名譽，終於一九九〇年改變其共產體制。這個以匈牙利人爲主體，以天主教爲重，喀爾文派基督教次之，說匈牙利語的國家，詩人和作家肩負批評和革命的責任。任教大學的巴路巴斯（Enikő Bollobás, 1952-）是一位文學教授，曾以「匈牙利詩人都立志介入政治現實，即使沉默，也算是一種介入態度」來描述匈牙利的文學家。相對於捷克，匈牙利並沒有民主傳統，詩人和作家不能不以良心承擔。

統治者們　（匈牙利）柯素里作　李敏勇譯

我的統治者們在哪兒，在哪兒？
以往他們甚至無須呼叫就出現。
他們在第一響鈴聲之前就已來到，
穿越寸草不生的庭園：瘋子、詩人們，
酗酒的聖者；他們從夜的沼澤前來，
他們的手控制著匈牙利破碎的牡丹花。

他們之中有人帶來大洪水，

另有人
另有人跛行，背上有包科尼山*的白霜。

而我通常讀
發自他們不動之唇的語字。
現在他們會停留在何處？他們又在哪兒佇候？
他們要和誰一起承擔死亡？
和戰俘一樣分吃一個馬鈴薯嗎？
他們似乎羞恥於
沉入內部的惡臭風景
和他們骯髒的任務。

＊註：包科尼山是匈牙利西北方、巴頓湖北側的山脈。

統治者們意指那些在專制威權時代掌握權力的人們。匈牙利詩人柯素里（Csoóri Sándor, 1930-）這首詩諷喻那些握有權力的人們，他們匿跡但無所不在，以瘋子、詩人們、酗酒的聖者稱之，是因爲在匈牙利，甚至在東歐，許多政治人物兼具這些特質，他們的手控制匈牙利破碎的牡丹花，意味著政治破壞了國度之美。而詩人看他們，是被破壞的象徵，殘缺的象徵，引喻包科尼山的白霜，意指冷酷。詩人批評他們用內部的惡臭風景和骯髒的任務指控他們，顯示一種批評態度。

位於匈牙利東邊的羅馬尼亞，首都布加勒斯特，是一八七八年獨立的君主國家，二次大戰後才由共產黨執政。不同於許多東歐國家以天主教和基督教爲主要信仰，這是一個羅馬尼亞正教國家，不同於希臘正教，羅馬尼亞人幾乎占九成，部分爲馬札爾人。二戰後，羅馬尼亞共產化，但與蘇聯保持距離。從一九六五年到一九八九年，都由西奧賽古（Nicolae Ceaușescu）統治，他是個暴君，在一九八九年的政變後被處決，死狀悽慘，並經由電視台的新聞畫面傳送到全世界，可以說是東歐自由化最戰慄的一幕。

秋天的　（羅馬尼亞）波倫芭庫作　李敏勇譯

夜晚街道有謀殺者，
夏日被刺殺。
你在窗口聽得見
風在花園嘶喊。

樹林停止言說。
血從牆上的長春藤滴落。
秋天希律王以他的語字
屠殺數以好幾百計的葉子。

希律王（King Herod, B.C. 37-4）是基督誕生時的猶太王，爲殺死耶穌，把伯利恆及附近的兩歲男孩都殺死，以這個典故引喻秋天的肅殺情境，意味的是羅馬尼亞的情境。詩人把祕密——政治批評，藏在像是描寫季節的詩行。羅馬尼亞的憂傷似乎也反映在羅馬尼亞出生、二戰時雙親死於納粹集中營，以德語寫作，歷經奧地利、德國而法國，終以五十之齡於塞納河投水自殺的保羅·策蘭（Paul Celan, 1920-1970）。

我是第一個　（羅馬尼亞）保羅·策蘭作　李敏勇譯

我是第一個飲下憂鬱仍尋找它眼睛的人，
我從你的足跡飲下並看：
你滾動過我的手指，淚珠，並且越來越大！
你變大，就像遺忘一切。
你滾動：悲傷的黑色冰雹
被一條揮舞告別而變成白色的手帕包著。

保羅·策蘭是二戰後猶太人浩劫的見證，被視為戰後最代表性的歐洲詩人。他出身羅馬尼亞猶太家庭，離鄉背井，父母雙雙死於納粹迫害。從他身上不只看見了羅馬尼亞曾遭逢的傷痛，更是歐洲歷經二戰大屠殺浩劫的見證。

保加利亞在羅馬尼亞南邊，與前南斯拉夫、希臘交界，隔著黑海遙望土耳其，曾受鄂圖曼帝國統治數百年。二十世紀初出現獨立王國，二戰後卻長期由共產黨統治。希臘導演安哲羅普洛斯的《尤里西斯之旅》（Ulysses' Gaze）觸及其在共產革命階段推翻王室的歷史，其中在保加利亞的多瑙河段向前南斯拉夫航行的船上，巨大的列寧頭像令人印象深刻。

這個國家也在一九九〇年後邁向民主化，但似乎前共產勢力與民主聯合陣線在選舉中各有勝負。從保加利亞移居美國，後移民奧地利，定居瑞士，直至過世的作家卡內提（Elias Canetti, 1905-1994），一九八一年獲諾貝爾文學獎，也許是最被矚目的保加利亞作家

窗外的水　（保加利亞）尼諾・尼可諾夫作　李敏勇譯

水加倍這個世界，

不論什麼它都以雙倍回報。
樹群以它們的根在天空下成長，
雲朵飄移在大地上方
而玫瑰在大地掉落花瓣。
深度交換高度。
果實，當然，孕育於水
當它如斯透明

尼諾．尼可諾夫（Nino Nikolov, 1933-）這首詩，是自然的觀照和歌詠，能夠體會到相異於人間社會的意義構造與願景。自然反映社會。前者以空氣、水、土地；後者以人形成。自然受制於人，但有它的律則。一首看起來沒有政治意味的詩，充滿抒情和哲理。即使政治困厄存在，也有抒情、透明的詩風景。曾在美國愛荷華大學國際作家工作室與各國作家、詩人交流的尼諾．尼可諾夫，像保加利亞詩人、作家一樣，受到俄羅斯和西歐的影響。

說到前南斯拉夫聯邦，位於奧地利、匈牙利、羅馬尼亞和保加利亞南方，在被稱爲歐洲火藥庫的巴爾幹半島上解體成斯洛伐尼亞、波士尼亞、赫塞哥維那、克羅埃西亞、馬其頓、科索沃，以及塞爾維亞、蒙特尼哥羅，曾被形容「七條國界、六個共和國、五個民族、四種語言、三種宗教、兩種文字」的前南斯拉夫聯邦。在二戰後，在政治強人狄托的領導下，推行共產體制，但曾與蘇聯反目，改走自己的路線。一九八〇年，強人逝世，民族意識抬頭，因種族和宗教的差異，衝突不斷，慘烈內戰導致種族清洗或滅絕的血腥，引發世界關注，直到二十一世紀之初，這個動盪的地區才逐漸平靜下來。

塞爾維亞詩人波帕（Vasko Popa, 1922-1991）是前南斯拉夫聯邦時代最著名的詩人。他的詩，常讓人想到東歐歷經大戰、浩劫的歷史，戰後在共產統治體制下的政治處境，文化和政治糾葛，黑色的幽默和諷諭在血與淚交織的情境中開出花景。

灰燼（塞爾維亞／前南斯拉夫）波帕作　李敏勇譯

一些是夜某些是星星
每個夜燃亮它的星
並且環繞它跳一個黑色的舞
直到星亮起

然後夜分裂
一些變成星星
其他依然是夜

每個夜再點亮它的星
並且環繞它跳一個黑暗的舞
直到星亮起

最後的夜變成全部是星星　而夜
它燃亮它自己
環繞它自己跳黑色的舞

在黑色的夜與燃亮的星星之間，波帕跳著灰燼的遊戲。這首詩是「遊戲組曲」七首連作的最後一首，諭示著現實和夢幻，陳述了前南斯拉夫人間風景般的社會樣貌。曾在二戰期間參加共產游擊隊並被關進集中營的他，經歷了時代的困厄，生涯中留下四十多本著作，被視爲最具代表性的塞爾維亞籍前南斯拉夫詩人。

另一位蒙特尼哥羅籍前南斯拉夫詩人塔第克（Novica Tadić, 1949-2011），生於戰後。他的一首詩〈群魔亂舞〉描寫其生存的現實爲「一個眞實的巨大異形世界」，並特別放大巨大異形世界的字體，強烈而深刻。他的一首三行詩，也讓人心頭爲之一顫。

耶穌　（蒙特尼哥羅／前南斯拉夫）塔第克作　李敏勇譯

耶穌
我們的耶穌
我們的耶穌一個針墊

想像針刺插在墊上，耶穌受到的針刺之痛，比擬了自身的現實情境。詩人的視野應該有無盡的血與淚。

把波羅的海三小國放在東歐的視野來審視，是因爲俄羅斯與當年的蘇聯都曾入侵這些國家，在蘇聯解體、東歐自由化的一九八〇年代末和一九九〇年代初，三小國的獨立感動了許多人，特別是她們手牽手形成手鍊所展現的動人力量，也在台灣出現。這三個小國都在波蘭北方，依序爲立陶宛、拉脫維亞、愛沙尼亞，東邊鄰接白俄羅斯、俄羅斯。曾被德國侵占，蘇聯併吞的拉脫維亞；和曾被瑞典、俄羅斯統治，加盟過俄羅斯的愛沙尼亞，三小國際遇相似又相異，各有各的語言與民族，卻也都通用俄語。受俄羅斯、蘇聯殖民的緣故，當中也有俄羅斯民族。波羅的海三小國人口稀少，共同形成一道特殊的國族風景，映現在她們的詩裡。

在冬天的夜晚　（立陶宛）米留絲凱蒂作　李敏勇譯

冬天的夜晚，我祖母
出去工作時
我提著燈籠
照她的路

大雪飄飛在小徑的兩旁
北方之星，北斗星，月亮
和住在那兒的男人
提著燈籠在行走，因為冷且悲傷

他注視
我們光亮的窗
注視我們燃燒的蠟燭，注視耶誕樹
注視我的眼睛，充滿睡意

賣東西的女孩　（拉脫維亞）拉道夫卡斯作　李敏勇譯

眼淚流在女孩臉龐：
愛，許諾，沒有寫下來。
夏日不能買回來
而她的手在櫃台緊握。
城堡倒了，故事死了。

城市因洪水而塌了。
而在店鋪裡——鞋子、馬靴，
和釘子、釘子、釘子、釘子。

咒語　（愛沙尼亞）K．列皮克作　李敏勇譯

假使你破壞我們的語言，
假使你破壞我們的人民。

也許雨會變成石頭漫布你們的田野，
也許從石頭會射出箭矢
也許石頭會成為你餐桌的麵包。
也許石頭會堆擠在你的腳下。

也許石頭會成為天空覆蓋你。
也許海會轉涸成石頭。
變成石頭像你石頭的心
壓迫我們的土地和人民。

立陶宛女詩人米留絲凱蒂（Nijolė Miliauskaitė, 1950-2002）、拉脫維亞詩人拉道夫卡斯（Henrikas Radauskas, 1910-1970）、愛沙尼亞詩人K．列皮克（Kalju Lepik, 1920-1999），在抒情中描繪冷冽季節、生活情境和抵抗意識，交織成波羅的海三小國的詩風景。即使只是小小幾百萬人口的國家，但各自的民族性和語言性格，讓她們經歷即使受到周邊列強入侵、壓迫，終能手牽手重新以獨立國家的地位站起來，並向世界發出她們的聲音。

東歐是一個不只在地理上與西歐甚至中歐相對，更在地緣政治上曾被已解體的舊蘇聯入侵壓迫、成爲蘇聯衛星國的國家。第一次世界大戰結束後，一些自東歐獨立的國家，在舊蘇聯和美英法的對峙中歷經困厄的時代。二戰時，納粹德國入侵，以共產力量爲後盾的反抗地下軍引進蘇聯力量，解放後竟於戰後迎來長達四十年的共產威權統治，直到一九八〇年代和九〇年代交替之際，才重獲自由，得以重建國家。由於市民權、教會和文化藝術在這些國家並未死去，因而有著強大的復甦力量，在她們各自的歷史中，詩人的行句煥發著比歷史更眞實的亮光。政治壓迫時，這些亮光也並未熄滅。重獲自由後，這些亮光更引領著政治，復活社會力。即使她們的經濟規模無法與西歐相比，但文化的花朵會讓整個歐洲更爲璀璨。

詩的二十堂課
第十七堂課

歐洲：
世界之心的光，
文明之核的影

你在街上遇見她們時，她們像在夢中
你在夢中遇見她們時，她們像在街上

近現代世界是以歐洲為原型發展出來的。美利堅合眾國（美國）和蘇維埃聯邦社會主義共和國（蘇聯）就是典型的歐洲之子，前者以自由資本主義為本，後者以國家社會主義為底。自由資本主義奉行民主制，國家社會主義採行專制。兩大強權在二戰後的冷戰年代，壁壘分明，各擁集團，主導世界局勢超過半個世紀。一九八〇年代末，蘇聯解體，加盟共和國紛紛獨立，俄羅斯如今雖然仍是大國，但國力已不復從前。而美國仍然強盛，獨霸世界。

英、法兩國是影響近現代世界政治的兩個最主要國家。英國以《大憲章》奠基的君主立憲，法國大革命廢除國王改以總統為國家元首，兩種政治制度成為被選擇的範本。前者在原君主國家轉型後被依循，後者則較多施行於新興獨立國家。不只政治制度，思想文化的影響更甚。在擴張的大航海年代，西班牙和葡萄牙曾以艦隊延伸勢力至中南美洲，而革命開展了現代國家和議會政治，更帶動殖民地獨立。英、法躍為歐洲強國，取代西班牙和葡萄牙。舊的封建秩序瓦解，新的民族國家如義大利、德國等讓歐洲國家的面向更為多元。

工業化帶出新文明，歐洲國家睥睨世界，十九世紀時更以新移民跨越美洲、非洲、亞洲，以帝國主義的姿態發展。不只世紀末的文化與藝術思潮，更在進入二十世紀時，引發了一九一四年的第一次世界大戰：英法俄三國對德國的大規模戰爭，直到一九一八年才告終結，沙皇政權因共產革命而崩潰，蘇聯成立；一九三九年，德國、義大利和日本形成軸心國家，引發第二次世界大戰，一直到一九四五年結束，美國與蘇聯在戰後成爲世界超級強權國家。英、法兩國在二戰後的復甦讓她們仍在歐洲中心占有重要地位，而戰敗德國亦迅速從廢墟中崛起，雖在同盟國制裁下分裂爲聯邦德國（西德）和民主德國（東德），仍於一九九〇年代統一，國力更勝英、法。

英國是一般對聯合王國（United Kingdom）的簡稱，包含英格蘭、威爾斯、蘇格蘭和愛爾蘭獨立後留在聯合王國的北愛爾蘭，是在歐洲大陸之外的島國。愛爾蘭獨立於聯合王國之外。法國在西班牙、義大利上方，向北爲比利時、荷蘭，右鄰瑞士、盧森堡，上方是德國，而奧地利更在東側；而一般以北歐國家稱之的丹麥、挪威、瑞典和芬蘭則在更北方，環繞波羅的海；冰島是一個孤立在更西北方海域的國家。從經濟發展的角度來看，這些歐洲國家都屬已開發國家，政治相對民主，經濟與文化相對進步。這些歐洲國家的樣式被奉爲典範，影響許多開發中國家。

聯合王國和愛爾蘭在一九〇一年至二二年之間，在「聯合條約」的強制下併合愛爾蘭，而產生長期的緊張關係，以及獨立運動的武裝革命以血澆淋酢漿草的綠色生命力。動人的愛爾蘭獨立運動故事，在文學、藝術上成爲可歌可泣的篇章，更留在許多電影裡。包含凱爾特文學和英愛文學兩種傳統而匯合的愛爾蘭文學，在愛爾蘭獨立運動中具重大的影響，而在對社會、政治、文化的激盪下，也促成了民族意識的新覺醒。

葉慈（W. B. Yeats, 1865-1939）是在臺灣也被廣爲所知的愛爾蘭詩人，他對愛爾蘭文藝復興與民族運動中所提示的：「沒有一種偉大的文學可以脫離民族而存在。一個民族如果離開偉大的文字，就無法確定特性。爲了擺脫英國在政治和文化上的束縛，愛爾蘭作家必須爲發展愛爾蘭獨特的民族想像力創造詩作。」有著深刻的體認。儘管愛爾蘭在凱爾特文化的蓋爾語和英語的雙重語言上有過困擾，但「英語屬於愛爾蘭，而愛爾蘭不屬於英國」的信念，讓許多愛爾蘭詩人支持愛爾蘭獨立運動，同時也豐富了英語文學。葉慈、詹姆斯・喬伊斯（James Joyce, 1882-1941）、王爾德（Oscar Wilde, 1854-1900）這些都柏林文學家，以詩人、劇作家、小說家，豐富了以英國爲代表的英語文學。黑倪（Seamus Heaney, 1939-2013）則是於愛爾蘭獨立後成爲愛爾蘭文學的代表人物。一九九五年獲諾貝爾文學獎的他，原居住在北愛爾蘭，後來選擇成爲愛爾蘭公民。他與一九二三年獲諾貝爾文學獎的葉慈，堪稱愛爾蘭詩的雙璧。黑倪對於愛爾蘭獨立後，北愛爾蘭被分割成聯合王國的四邦之一，在天主教徒與英國國教徒的衝突下對心境有著深刻描繪。

臺灣的英語文學學者、文化評論家吳潛誠（Wu Qiancheng, 1948-1999），潛心研究愛爾蘭詩歌和臺灣詩，留下的《航向愛爾蘭》和《島嶼巡航》等書，分別以葉慈和黑倪爲鑑照對象。吳潛誠的墓誌銘爲：「植根美麗島／織傷痕成詩篇／航向愛爾蘭／化冤錯爲甜美」，兩個綠色島嶼國度以詩與文學心心相印。葉慈的墓誌銘是詩人W・H・奧登（W. H. Auden, 1907-1973）的詩行：

「冷眼一瞥／對生，對死／騎士經過！」他在悼念葉慈時，說：「瘋狂的愛爾蘭，將你刺傷成詩。」

來自良心的共和國　（愛爾蘭）黑倪作　李敏勇

1

我在良心共和國著陸時
那兒是這麼寧靜，當飛機引擎停止轉動
我聽到的是一隻麻鷸掠過跑道上方。

在移民關，辦事人員是一個老頭
他從家人織的毛衣取出皮夾
讓我看一張我爺爺的相片。

海關的女性工作人員要我申報
我們傳統醫療的語彙，以及治療啞疾
和對抗邪惡之眼的咒文。

沒有挑工，沒有譯員，沒有計程車。
你要自己拿行李
你擁有的特權立即失去。

2

霧在那兒是讓人畏懼的預兆，但閃電
意味事事平安所以暴風雨來襲時
父母把嬰兒掛在樹枝上。

鹽是他們珍貴的礦物。生孩子

和參加喪禮要在耳際掛上貝殼。
用海水調劑墨水和所有顏料。

他們的宗教象徵是一艘以想像繪成的船。
船帆是一隻耳朵。桅杆，是一支歪斜的筆
船身像嘴。船的龍骨，是一隻張開的眼睛。

在他們的就職典禮，領袖
必須對未成文法宣誓，還要大哭出聲
以便為厚臉皮當官的罪過救贖

並且堅認他們相信
生命都源自天空之神眼淚中的鹽，是他
夢見自己無止盡孤獨時流下的淚水。

3

我從那純樸的共和國回返
兩手空無一物，海關的女性工作人員
認為我只能帶出我自己。

那老頭站立起來盯著我的眼
並且說官方承認
我為雙重籍公民

所以他要我回國之後
當他們的代表
用我的話語為他們發聲

他說，他們的大使館，到處都是

且獨立運作
而且永遠不必派遣大使。

黑倪從他第一本詩集的第一首詩〈挖掘〉，就爲他的愛爾蘭身分下了註腳。他以自己「一支矮咚咚的筆；適切如一把槍」和父親以「鐵鍬正掘進多碎石的土地」對照，還以「這老人精於操作鐵鍬，就如同他老父」形塑出祖孫三代的生命情境。在北愛爾蘭曾經歷的激烈對抗、衝突，烙印在黑倪心中的是他對共和國更崇高的憧憬，他以詩探索愛爾蘭、探索自己。選擇回到眞正的愛爾蘭，而非留在聯合王國的北愛爾蘭，當然顯示他的歸屬，但他眞正的追尋是一個良心的共和國。

聯合王國的英格蘭、威爾斯、蘇格蘭和北愛爾蘭，各自具有民族色彩，曾經在大英帝國時代，擁有「日不落國」的稱譽；後來的大英國協仍象徵性地與海外原殖民地的獨立國家間，存在著無名義上歸屬的連帶關係。北愛爾蘭在愛爾蘭西北角，與蘇格蘭相望，英格蘭和威爾斯在蘇格蘭之南。聯合王國中四個高度自治體都在與中央分擔的形式中各自發展，蘇格蘭和威爾斯存在分離主義，北愛爾蘭則因宗教衝突而隱藏著不安。二〇一四年蘇格蘭舉辦獨立公投，造成聯合王國的緊張關係，但成熟的民主制度已不致再讓分離運動造成流血鎮壓。

二十世紀的二〇年代到中葉五〇年代，現代主義持續在英國盛行，首都倫敦和歐陸法國的首都巴黎，都是重要的搖籃。葉慈來往於愛爾蘭首都都柏林和倫敦之間；T．S．艾略特（T. S. Eliot, 1888-1965）來自美國成爲英國公民；而W．H．奧登則相反，從英國來到美國而成爲公民，再返回牛津任教，後死於奧地利維也納；狄倫．托馬斯（Dylan Thomas, 1914-1953）是威爾斯的詩人；龐德（Ezra Pound, 1885-1972）是來自英國倫敦、法國巴黎，甚至義大利羅馬的美國人。倫敦與巴黎一樣，聚集著來自世界的詩人、作家、藝術工作者。

荒地　（美國／英國）T・S・艾略特作　杜國清譯

「在庫瑪耶我親眼看見那位女巫被吊在甕中，
每當孩童們問她：女巫姑，妳怎麼樣？她
總是回答說：我想死啊。」

——給靈巧的名手：E・龐德

I. 埋葬

四月最是殘酷的季節
讓死寂的土原迸出紫丁香
摻雜著追憶與慾情
以春雨撩撥萎頓的根莖。
冬天令人溫暖，將大地
覆蓋遺忘的雪泥
讓枯乾的球根滋養短暫的生命。

從史坦勃爾格熱湖那邊
夏天突然襲來熱雨一陣；
我們在柱廊裡避雨，太陽一出
又走進公園，喝了咖啡暢談一小時。
我不是露西亞人，我來自立陶宛，道地的德國人。
幼年我住在我的堂兄
大公的宅邸，他帶我出去坐雪橇
我真是害怕。他說，瑪利亞
瑪利亞，好好扶著呀。就這麼滑下去了。
在那山中，誰都感到逍遙自在。
夜裡我大半看書，冬天就到南方。

這些盤纏的根鬚是什麼？從這亂石的
廢堆生出什麼枝椏？人子喲
祢能說什麼？祢有什麼猜想呢？祢知道的

只是一堆破像，曝晒在烈日下。
那裡枯木不能成蔭，乾燥的岩石沒有水聲
聽蟋蟀的安慰也沒有喲。只有
影子在這紅色的岩石下，
（走進這紅色岩石的影子裡吧），
有個異樣的東西我將顯示給你
那不是早晨在你背後大踏步的，你的影子
那不是傍晚在你面前迎遇你的，你的影子
我要顯示給你的只是一把骨灰的恐怖罷了。
（後略）

〈荒地〉全詩共四百三十四行，分成〈埋葬〉〈棋戲〉〈火誡〉〈雷聲〉四部，被認爲表現了第一次世界大戰後歐洲的荒廢，以及戰爭流在人內心的印痕，由精神荒廢的意象所構成，是一種文明批判。它的影響甚至到了第二次世界大戰以後。一九四七年，日本詩人田村隆一、鮎川信夫，吉本隆明等人，就以「荒地」爲名創刊詩誌，進行戰敗後日本精神廢墟的凝視。在某種意義上，T．S．艾略特影響了世界詩的一個面向。W．H．奧登也引領風騷，不過他的詩人生涯選擇了與T．S．艾略特不同的方向，成爲美國詩人。

英國在二戰後，特別是一九七〇年代開始，以泰德．休斯（Ted Hughes, 1930-1998）、拉金（Philip Arther Larkin, 1922-1985）等人享有聲望。工業化取代了田園生活的寧靜，隨著科技發展及戰爭破壞，人性開始扭曲，造成不安，成爲泰德．休斯的詩暴力主題的基礎。泰德．休斯與美國女詩人普拉斯（Sylvia Plath, 1932-1963）有著愛怨糾葛，兩人於一九五六年結婚，育有一子一女，但一九六三年因泰德．休斯外遇而分居，普拉斯後來自殺，引發美國許多女性主義者不滿。

棲自著的鷹　（英國）泰德．休斯 作　李敏勇 譯

我坐在樹梢，閉上眼睛

動也不動，在彎彎的臉
和彎彎的腳爪間沒有虛弄作假的夢；
也不在睡夢中排練完美的捕掠或吃什麼。

高高的樹真的夠方便！
空氣流通，太陽光
對我都有利；
地球朝上的臉，由我任意察看。

我的腳爪緊抓粗糙的樹皮。
真的需要使盡造化之力
才能有我的腳，以及羽毛；
現在全宇宙在我腳爪之下。

高飛，或優游盤旋——

高興我就捕殺，因為一切都屬於我。
管它什麼是非
我就是要把其他腦袋撕下——
分配死亡
我飛翔的路線
就是直接穿過生物的骨肉
我維護權益無須什麼論證。

一反詩歌的優美情調，泰德．休斯的這首詩殘酷、殘暴且展現任意的自我。人性中的美，呈現在詩中的優美傳統被人性之惡取代，原來的浪漫主義田園情調在一、二戰後的世界，在英國，反映在詩裡的是弱肉強食的權力不平衡狀態，世界在現代性的野蠻中赤裸裸地宣洩。北愛爾蘭首府貝爾法斯特成爲相異於倫敦的另一個英國詩中心，但在曾屬於英國的黑倪選擇回歸愛爾蘭之後，不復如此榮景。蘇格蘭、威爾斯都有代表不同傳統的英國詩人，以作品呈現各自的心境與風景。

歐洲大陸的法國與英聯合王國各領風騷，有驕傲的文化意識，經大革命蛻化的共和國爲政治上的先驅國家。一戰期間，法國死傷嚴重，出現長期的政治不穩定局勢。二戰時，法國向納粹德國投降，建立維琪政府，但地下反抗運動不斷，戴高樂掌持著海外的「自由法國」流亡政府。二戰後政治改革，歷經戴高樂的右翼政府和密特朗左翼政權交替發展，逐漸回復國勢。在一戰、二戰期間，法國首都巴黎和英國的倫敦是兩個重要的文學和藝術現代主義運動中心。英國雖有左翼運動興起，但詩人、藝術家標榜共產主義者，仍以巴黎居多。超現實主義運動在法國的響亮名單包括保羅・艾呂雅（Paul Éluard, 1895-1952）、阿拉貢（Louis Aragon, 1897-1982）、布勒東（André Breton, 1896-1966），甚至裴外（Jacques Prévert, 1900-1977），閃爍的火花，耀眼的光芒，不只突出了詩的藝術，更展現出抵抗的意志。

和平演說　（法國）裴外作　李敏勇譯

在一場非常重要的演説接近尾聲時
這位偉大政治家結結巴巴
被自己一個美麗空洞言辭
絆倒在上面
張著嘴沒講完
喘著氣
露出牙齒
而他的和平論調的蛀牙
暴露出戰爭的神經
金錢的敏感問題

裴外的詩常被印在咖啡館的餐巾紙上，他的詩嘲諷權力，彰顯詩人的獨立性格，文化人、知識分子不服膺政治教條的風骨，顯現法國的自由風氣。法國被納粹德國占領期間，裴外即進行這樣的詩嘲諷，諷喻維琪政府和納粹占領軍，讓詩帶給法國人激勵和力量。法國畢竟是有著自由、平等、博愛三色旗象徵的國家，一九六八年的巴黎學生運動串聯成世界性的學生運動，交織著文化和社會參與的青年熱血與理想。

法國上方是德國，這個從原以維也納爲中樞的奧匈帝國權力版圖中發展出來的國家，是日耳曼也是普魯士，更是德意志。第一次世界大戰後成立威瑪共和國，一九三〇年代，納粹德國在希特勒掌權下成爲軸心國的樞紐，與義大利、日本發動第二次世界大戰。二戰後被強制分爲美國、英國、法國所控制的聯邦德國，以及蘇聯控制的民主德國。一直到一九九〇年，西德和東德才再度統一，相映而來的是蘇聯解體與東歐自由化。德國是僅次於美國的歐美國家，工業發達，國力強盛。東西德分裂年代，有許多詩人都來自東德。貝希爾（Johannes R. Becher, 1891-1958），曾出任民主德國的文化部長，是一位表現主義詩人，也是德國社會社會主義及現實主義奠基者之一，布萊希特（Bertolt Brecht, 1898-1956）是以史詩劇場著名的詩人、劇作家。

題一隻中國茶樹根做成的獅子　（德國）布萊希特作　李敏勇譯

壞人懼怕你的利爪。
好人喜歡你的優美。
我喜歡聽別人
這麼
談我的詩。

這是布萊希特的一首短詩，簡潔有力且動人。他談自己對詩之志業的體認。

布萊希特　（德國）海納・慕勒作　李敏勇譯

真的，他活在黑暗時代。
時代變光明了。

時代變黑暗了。
當光明說，我是黑暗
那說了真實。
當黑暗說，我是
光明，那不是說謊。

海納．慕勒（Heiner Müller, 1929-1995）的〈布萊希特〉，以詩人寫詩人，也說了時代。因爲納粹德國的侵略戰爭，也因爲希特勒殺害了六百萬猶太人，二戰後的德國曾分裂爲二，在進入二十一世紀之前才統一。這個歐洲國家有異於英、法的民族性格，不只反映在科技工藝，也反映在文化藝術上。

德國與比利時、荷蘭、瑞士、奧地利等西歐國家接壤，與瑞士、奧地利的文化關聯更爲密切。兩個國家都有德語文化，奧地利更是以說德語爲主的國家。赫曼．赫塞（Hermann Hesse, 1877-1962）是避難德國、歸化瑞士的詩人，知名的瑞士畫家保羅．克利（Paul Klee, 1879-1940）也是一位重要的詩人，而奧地利女詩人巴赫曼（Ingeborg Bachmann, 1926-1973）的詩也享有盛名；出生於奧地利首都維也納，一九三〇年代末移居倫敦，受到德國表現主義影響的詩人艾力克．弗里德（Erich Fried, 1921-1988），曾出版多冊詩集，其中《一百首沒有國家的詩》中，流露著一位二戰時流亡異國的奧地利（或說歐洲）詩人的政治視野。

在首都　（奧地利）艾力克．弗里德作　李敏勇譯

「誰統治這兒？」
我問。
他們說：
「自然是人民了。」
我說：
「自然是人民，
但誰

真正統治？」

荷蘭是德國西北方、比利時上方的一個貿易大國。位於五條大河沖積扇，地勢低於海平面，水利發達，風車林立。荷蘭大城鹿特丹是世界最大商港。寬容、接受宗教和政治庇護的傳統，展現出一種充分的自由，反映在詩裡是平和意象，晶瑩觀照。

太陽：白日　（荷蘭）舒爾畢克作　李敏勇譯

（十二則選三）

1

太陽登臨
整個世界紅通通
我也是

6

腳累了
想到風車
想要歇息

11

風止息
在蘋果樹下
太陽和我也是

柏特．舒爾畢克（Bert Schierbeek, 1918-1996）的仿徘詩心平如鏡，流露出一種特殊風景。聯合國國際法庭設在荷蘭海牙，仲裁世界紛爭；而首都阿姆斯特丹見證的是世界各民族群聚流動的光影。

談到北歐國家的詩風景，來看看丹麥詩人諾得布蘭特（Henrik Nordbrandt, 1945-）和瑞典女詩人瑪麗亞・莞恩（Maria Wine, 1912-2003）的詩：

街道　（丹麥）諾得布蘭特 作　李敏勇 譯

愛情早已結束：

有時你在街上遇見她們
有時你在夢中遇見她們

你在街上遇見她們時，她們像在夢中
你在夢中遇見她們時，她們像在街上

街上有一半房子是空的
因為你記不得她們

出現在窗後黑暗裡的臉。

無題　（瑞典）瑪麗亞・莞恩作　李敏勇譯

女人，妳害怕森林
我看見它就在妳眼裡
當妳凝視黑暗：
一個充滿防禦性生物的可怕表情。
女人，妳是一座森林
奇異而深沉：我知道
妳害怕妳自己。

北歐冷冽的氣候，與南歐相對。冷靜對熱情，寂寥對喧囂。相對於義大利

人和西班牙人，處在不同自然風景的瑞典、丹麥、挪威、芬蘭、冰島的人們，明顯呈現不一樣的人文風景。這也可從柏格曼的電影中體現。丹麥詩人諾得布蘭特的〈街道〉和瑞典女詩人瑪麗亞．莞恩的〈無題〉，透露出北歐國家在高度社會福利政策之下，面對北方嚴寒生活情境的某種人間映像。

科技文明在歐洲中心國家發展，成爲人類的指標，文化藝術在歐洲中心國家興盛，光耀世界。政治的成熟在歐洲中心國家形塑出民主制度的楷模與範本。儘管經歷兩次世界大戰，不斷在世紀末和新世紀的層遞中，也在意義的廢墟和亮光中面對考驗與挑戰，但歐洲中的歐洲畢竟是世界中的世界，是近現代文明的搖籃，詩人們以詩的行句在這些國度見證歷史，留下精神的光影印痕。

詩的二十堂課
第十八堂課

動盪俄羅斯，冰封的靈魂；
變色中國，血染的黃土地

祖國是一種鄉音，
我在電話線的另一端，
聽見了我的恐懼。

俄羅斯聯邦是在帝俄革命後形成蘇維埃聯邦社會主義共和國，再解體成俄羅斯聯邦的國家，國土面積為世界第一。二十世紀初期，日俄戰爭中失敗的帝俄內部發生革命，於一九一七年十月，列寧領導的政黨接管政府。早於這個時間點，沙皇尼古拉二世及家人已被暗殺，旋即發生長達近三年的內戰，並於一九二二年建立蘇聯（USSR）。然而列寧隨後於一九二四年去世，史達林鬥垮政敵脫穎而出，政敵托洛斯基被放逐至哈薩克再流亡至土耳其等國家。

歷經史達林、赫魯雪夫、布里茲涅夫、戈巴契夫領導的蘇聯，經歷二戰及戰後長時間的冷戰，及至冷戰結束後共產體制的瓦解。自史達林的極權統治以至戈巴契夫以新思維促成的共產體制瓦解，超過半世紀，達六十五年之久。政治、經濟、文化的變化，對世界的影響至為巨大。蘇聯既與美國分立成兩大集團，各據自由資本主義與極權社會主義的領導地位，更與中華人民共和國所代表的中國，在共產主義的統治綱領與社會制度中，從由蘇聯領導中國到各據一方。

蘇聯解體後，中華人民共和國仍由中國共產統治，後採取走資化的經濟政策，宣稱是屬於中國特色的社會主義，貫徹一黨化政策。而這所謂的紅色中國於一九四九年以革命推翻藍色中國（即中華民國），由毛澤東取代蔣介石，並在工業和核武大躍進的一九五〇年代、文化大革命的一九六〇年代的洗禮下發展，再由鄧小平體制逐步蛻變，如今成爲全世界人口最多的國家。已取俄羅斯而代之的中國，經濟走資化、政治極權化，從革命建國時期的反傳統、反封建，從批孔到崇儒，甚至藉孔子教室在美國大肆進行統戰。配合其走資化，提供廣大土地、廉價勞動力及廣大人口的市場條件發展出來的經濟規模，成爲新型態的帝國主義。

從藍色中國（1911-1949）到紅色中國（1949-），近代中國於推翻大清帝國後形成。藍色中國時期，日本侵華的八年戰爭中，中國共產黨和中國國民黨各據左右政治意識形態，既聯合又鬥爭。日本戰敗，國共內戰隨即爆發，紅色中國和藍色中國分別獲蘇聯及美國支持，但最終藍色中國不敵紅色中國，中國國民黨挾持的中華民國以二戰後代表盟軍接收的據占地臺灣維持其偏安，但國家主權在國際法條件下被剝奪的狀況，僅以事實的中華民國在臺灣↓中華民國臺灣→臺灣，綁架著臺灣及沿海島嶼，成為一個等待臺灣從不正常國家中解放的國家。而紅色中國代表的中國，以漢民族為中心，包含許多少數民族，其中內蒙自治區、壯族自治區、新疆維吾爾自治區和西藏自治區中，新疆維吾爾及西藏的分離傳統相當嚴重，糾葛衝突不斷。

領土最廣的俄羅斯和人口最多的中國，前者仍有車臣以及一些有自己領土的民族（高加索區）和沒有領土的民族（約占百分之六人口的近百個少數民族）問題，而和烏克蘭之間的問題，進入二十一世紀後仍未解決。後者雖因走資化而國力日盛，卻不眞正被視為足以對文明有貢獻的進步國家，仍是個窮兵黷武的大國；而此一自恃傳承文化傳統的國家卻讓世界及周邊國家感到不安，對臺灣這個追尋小而美、積極建構自己新國家的努力不懷好意。

一位日本詩人在二十世紀末蘇聯解體之際，以一首詩生動描述了蘇聯以紅色革命建立的國家體制宣言，以及誓語破滅的景象。其中的一行，堪稱畫龍點睛：

列寧的夢消失了而普希金的秋天留下來

這是日本詩人谷川俊太郎一首九行詩中的一行，留下他一九九〇年在莫斯科旅行時，於黑市看到一位老婦人在街底販售紅蘿蔔的感觸。當時因物資食糧短缺，人們只能默默排隊購買，大量發展國防武器設備而導致生活貧困化，詩人以「列寧的夢消失了」指摘共產主義的破滅，以「普希金的秋天」強調的是俄羅斯秋天之美，也強調詩人作品裡的秋天之美，喻示的是文化價值大於政治。

俄羅斯是一個謎樣的詩的國度，自彼得大帝掌權時逐漸歐洲化後，留在聖彼得堡這座於蘇聯時期改名列寧格勒的城市裡的建構，彰顯出此謎樣國度的詩性形影。

普希金（A. S. Pushkin, 1799-1837）是帝俄時期著名的文學家，被視爲最偉大的俄國詩人、十九世紀俄國浪漫主義的代表，他的詩被傳誦於俄國民間，後因名譽在決鬥中身亡，結束其傳奇浪漫的人生。一九九九年，聯合國教科文組織在他兩百年冥誕之年，以「普希金」年紀念他，顯示這位文學家的貢獻。

共產革命前，俄羅斯詩人們與歐洲新藝術一起開展新詩歌。二十世紀初期，曼德利施塔姆（O. Mandelstam, 1891-1938）、愛赫瑪托娃（Anna Akhmatova, 1889-1966），茨維塔耶娃（M. I. Tsvetaeva, 1892-1941）、帕斯特納克（B. L. Pasternak, 1890-1960）就已經享有名譽。其中，愛赫瑪托娃和帕斯特納克，這兩位詩人於十月革命前已成名，後因政治立場而備受困厄，並於一九五〇年代後期重獲榮光。

他愛……

（俄羅斯）愛赫瑪托娃 作　李敏勇 譯

他的人生裡愛三種事物：
晚禱，白孔雀
和古老美國地圖。
他恨小孩子哭叫
他恨加了覆盆子果醬的茶

以及婦人的歇斯底里。
而我是他的妻子。

愛赫瑪托娃的丈夫是一位大她三歲的詩人古米廖夫（N. Gumilyov, 1886-1921），因被指控圖謀反革命叛亂而被判處死刑，也拆散了詩人與詩裡的他，以及詩人深愛的事物。詩裡雖然沒有指控革命後的蘇聯——這個她從未逃離的祖國，但她被寫在一位逃離蘇聯的詩人布洛斯基（J. Brodsky, 1940-1996）〈哀泣的繆斯〉的文章裡：「愛赫瑪托娃的詩將留存下去，因爲語言比國家更古老，因爲旋律比歷史更長久留存。」一九八九年，聯合國教科文組織將愛赫瑪托娃的百年冥誕訂爲她的年份，紀念使詩歌語言發光的她，讚頌她以詩歌把人們帶入一個更美好的世界。而在這時際，蘇聯走到國家的盡頭，解體後形成另一個國家。

布洛斯基，由於不服膺共產體制，被視爲異議分子，蘇聯的法庭更羅織以社會寄生蟲罪名將他流放西伯利亞，後經W．H．奧登這位捨英國而入美國籍的詩人發動國際聲援，而獲准離開蘇聯流亡美國，並於一九八七年獲諾貝爾文學獎。他是許多因政治流亡國外的蘇聯時期俄國詩人之一，即使在解體後的俄羅斯仍尊崇布洛斯基，視其爲本國詩人。然而布洛斯基以「對我而言，我原先那個國家已不存在了。」並未重返祖國，最終選擇威尼斯作爲長眠之鄉。

帝俄時代，普希金、萊蒙托夫（M. Lermontov, 1814-1841）都是重要的詩人，除了來自廣大土地、人民，以及北方冷冽氣候所凝鍊的氣質，所流露的歐洲近代文化教養，都使他們的詩獲得迴響，廣受喜愛。這樣的傳統孕育出文化藝術的視野。萊蒙托夫的許多詩延續了普希金的傳統，歌詠對祖國的愛。許多帝俄時代的詩人對祖國的貧窮、富饒、強大且衰弱的母親形象，流露在行句之中。二十世紀初的革命浪潮，以紅旗的行列邁向新的里程。勃洛克（Alexander Blok, 1880-1921）歌詠的俄羅斯是貧困的，一些歌謠曲調在他心中就像自己「初戀時的淚珠」，輝煌的過去對望著殘破的現在，期待的是一種改變。他的一首詩〈十二個〉是十月革命的獻禮和頌歌，藉由十二個紅軍戰士的形影，呈現了無畏暴風、暴雨、大雪，打破舊世代的勇往直前。

紅色革命以後的蘇聯，實施共產主義，文學導向社會主義、寫實主義。發源於義大利的未來派詩歌在分裂爲左右政治思想路線以後，左翼的這股潮流在蘇聯成爲宣稱藝術中的革命者，並將吹響時代號角。馬雅可夫斯基（V. Mayakovsky, 1893-1930）在史達林的稱譽中成爲「蘇聯最優秀、最具才華的詩人」。馬雅可夫斯基的詩成爲蘇聯時期的詩歌代表，他主張憑藉未來主義的形式，而不循義大利未來主義的頹廢路線，以群衆語言和進行曲節奏來創作詩歌。他是無產階級專政的工農兵詩歌的典型人物，但他卻在一九三一年開槍自殺，留下謎般的死因。

相對於馬雅可夫斯基的嘹亮，葉賽寧（S. A. Esenin, 1895-1925）是清麗的，他是關注農村的詩人，勤於描寫勞動生活的歡樂。在革命的鼓舞下，他也從抒情詩進一步在歷史的長詩中吟詠。他與美國舞蹈家鄧肯在莫斯科相遇，婚後兩人前往歐美許多國家旅行、表演，但不適應西方社會的葉賽寧在不到兩年的行程後重返故土，沒過幾年即選擇自殺而死。儘管褒貶不一，葉賽寧仍和馬雅可夫斯基、勃洛克被視爲蘇聯時期民族詩歌的撫育者。

比起馬雅可夫斯基和葉賽寧，稍晚的巴斯特納克和茨維塔耶娃的詩人生更具不爲政治服務的色彩。兩人和著名的德語詩人里爾克（R. M. Rilke, 1875-1926）的情誼，曾在一九二〇年代藉由書信往來，成全一場糾葛的愛情和一段時代的文學光影，後來編纂成《三詩人書》書信集，在文學史上留下一頁篇章。巴斯特納克和茨維塔耶娃都在革命後的政治情境受到創傷，和愛赫瑪托娃一樣蒙受苦難。以小說《齊瓦哥醫生》享譽文壇的巴斯特納克，一九五八年獲諾貝爾文學獎，但在世時都未曾獲准出國受獎。死後多年，才由其子代爲領獎，兩人都在提供革命的社會寫實主義情境被視爲頹廢派。茨維塔耶娃曾在一九二二年春天帶女兒流亡，投奔早已出走國外的丈夫，於歐洲歷經十多年的亡命生涯。她重回蘇聯後，面臨返國的丈夫已入獄，兒子參加紅軍並在戰場犧牲的處境，痛苦不堪的她最終選擇自縊身亡。

詩人前輩在抒情與敘事的豐厚傳統與精神土壤的滋養下，葉夫圖先寇

（Yevgeny Yevtushenko, 1932-）和瓦茌聖斯基（Andrei Voznesensky, 1933-）各具特色，成爲二戰後新詩歌浪潮代表，他們被稱爲「響派」，常在西方國家朗讀詩作，不僅僅在社會主義、寫實主義的革命性裡發聲，更強調了個人尊嚴和傳統精神的重視。這些戰時經歷童年的一代，在二戰後的新世界詠出了自己的新詩風、新視野。

我掛一首詩在街頭　（俄羅斯）葉夫圖先寇作　非馬譯

我掛一首詩
　在枝頭。
晃蕩著
　它抗拒著風。
「把它拿下來
　別開玩笑。」
　　妳勸我。

路人走過。
　驚異地瞪著它。
這裡有棵樹
　揮舞著
　　一首詩。
現在別爭執。
　我們得往前走。
「你背不下來！」……
　「那是真的，
但我明天會為妳寫一首全新的詩。」
不值得為這種小事煩心！
一首詩壓垮不了一條樹枝。
妳要多少我便替妳寫多少，
有多少棵樹
　便有多少首詩！

我們將來怎能相處？
也許，我們會很快忘掉這個？
不，
　如果我們在路上有麻煩，
我們將記得
　　在某處
　　　浴在光裡
一棵樹
　揮舞著
　　一首詩，
而我們會微笑地說：
　「我們得往前走。」……

口語、白話、適合朗讀，葉夫圖先寇的詩有這樣的特色。比起馬雅可夫斯基那一世代仍然高度緊扣政治路線的革命情緒，這樣的詩有較大的自由心性。

風趣幽默，呈現生活中的情趣。葉夫圖先寇的妻子，也是一位詩人，名叫愛赫瑪杜琳娜（Bella Akhmadulina, 1937-2010），但後來兩人分手，她另與一位短篇小說家結婚，後也仳離。如同許多俄羅斯女詩人一樣，糾纏在大時代的社會和個人際遇。

寂靜　（俄羅斯）愛赫瑪杜琳娜作　李敏勇譯

是誰取走了我的聲音？
他留暗黑的創傷在我咽喉
甚至無法哭喊。

腳步仍在雪裡行進
而我咽喉的鳥群死了，
他們的花園變成字典，

我求我的唇歌唱。
我求降雪和唇歌唱，
懸崖和灌木的。

在我的唇間，
在我的嘴的空氣的圓圓形狀之間。
因為我不能言語。
我會為雪中的樹林
嘗試任何事。
我呼吸。我搖動我的手臂，我躺下來。

從突如其來的寂靜，
一如死亡，那被愛的
所有語字的名姓，
現在你在歌曲裡讓我起死回生。

瓦荏聖斯基這位與葉夫圖先寇同年出生，一樣享有國際聲譽的詩人，視帕斯特納克爲「我的上帝，我的父親，甚至長期間是，我的大學。」年輕時代就求見他景仰的前輩詩人、實習、請益，並獲接見的情誼，傳承了詩人的氣質、行止。

我是哥雅　（俄羅斯）瓦荏聖斯基 作　李敏勇 譯

我是哥雅
空蕩蕩田野的，被敵人的鳥嘴鑿洞
一直到我的眼睛驚訝成火山口
我是憂愁的

我是戰爭的
口舌，城市的灰燼

在一九四一年的雪上面
我是飢餓的

我是一個婦人的
咽喉，她的身體像一只鐘被吊著
禱告的鐘聲瀰漫空蕩蕩的廣場
我是哥雅

喔憤怒的葡萄
我已向西方投擲
　　不速之客的灰燼
並錘鍊成星星進入無法忘懷的天空——像鐵釘
我是哥雅

以西班牙畫家的不幸遭遇，在戰火中的情境，瓦茬聖斯基咀嚼童年的戰爭記憶。他和葉夫圖先寇都不同於社會主義、寫實主義八股的政治教條，而有自我的視野。俄羅斯是深沉的，在廣邈的土地上，有其綿延的文學傳統，有其不斷變革求新的詩精神。既回映政治思想，也有獨自的文化心性。從帝俄時期經蘇聯時代的共產統治，曾在世界呼風喚雨，領導包括中國在內的共產集團，卻在窮兵黷武的後果下逐漸崩壞，巨大的蘇維埃聯邦社會主義共和國也以解體告終。詩在俄羅斯的價值比政治更爲恆久，自普希金之後，經歷不同時代，政治權力影響詩歌的發展，但詩人們留下比政治更深刻的見證。

而中國這個與俄羅斯南北毗鄰的國家，從國民黨中國（中華民國）到共產黨中國（中華人民共和國）的百年歷史，構成近現代的國家形貌。藍色革命從大清帝國進入中華民國，先是北伐的內戰，接著是日本侵華的八年戰爭，從孫文到蔣介石，政治鬥爭不斷。民主制的憲政被所謂的軍政、訓政取代，一直到紅色革命取中華民國而代之以中華人民共和國，迄未實行。這個擁有巨大人口的國度，在大清帝國時期就積弱不振，徒以古老帝國的華夏觀自重，未能在歐洲工業革命發達強盛時自我振興，淪爲列強窺伺之土。即連東鄰的日本，也在明治維新後，藉富國強兵之勢思圖染指。藍色革命後，中國國民黨統治的中國，周旋在列強之間，尋求出路；而中國共產黨在蘇聯這個共產主義革命老大哥的提攜下，醞釀著紅色革命。日本侵華戰爭和中國八年抗戰，外侮是日本，但內憂是中國共產黨。國共既聯合抗日，又相互鬥爭。蘇聯的工人革命指導了中國的農民革命，加上中國國民黨的腐敗，中國共產黨在中國國民黨壟斷統治中國三十八年後，經由紅色革命取代了國民黨中國易為共產黨中國；中國國民黨挾持中華民國流亡到二戰後代表盟軍接收而據占的臺灣。

中國的詩歌原有其詩經、漢賦、唐詩、宋詞、元曲的傳統，講究格律、定型。但隨著近現代化的歐洲的影響，走向自由的詩體，並引進各種詩歌運動的文學流派。相應於政治社會的變動，詩人的聲音也見證了這個國度的歷史際遇。

雪落在中國的土地上　（中國）艾青作

雪落在中國的土地上，
寒冷在封鎖著中國呀……

風，
像一個太悲哀了的老婦
緊緊地跟隨著
伸出寒冷的指爪
拉扯著行人的衣襟，
用著像土地一樣古老的
一刻也不停地絮聒著……

那從林間出現的，
趕著馬車的

你中國的農夫，
戴著皮帽，
冒著大雪
要到哪兒去呢？

告訴你
我也是一農人的後裔——

由於你們的
刻滿了痛苦的皺紋的臉
我能如此深深地
知道了
生活在草原上的人們的
歲月的艱辛。

而我
也並不比你們快樂啊
——躺在時間的河流上
苦難的浪濤
曾經幾次把我吞沒而又捲起——
流浪與監禁
已失去了我的青春的最可貴的日子，
我的生命
也像你們的生命
一樣的憔悴呀。

雪落在中國的土地上，
寒冷在封鎖著中國呀……

沿著雪夜的河流，

一盞小油燈在徐緩地移行，
那破爛的烏篷船裡
映著燈光，垂著頭
坐著的是誰呀？

——啊，你
蓬髮垢面的小婦，
是不是
你的家
——那幸福與溫暖的巢穴
已被暴戾的敵人
燒燬了麼？
是不是
也像這樣的夜間，
失去了男人的保護，

在死亡的恐怖裡
你已經受盡敵人刺刀的戲弄？

咳，就在如此寒冷的今夜
無數的
我們的年老的母親，
都蜷伏在不是自己的家裡，
就像異邦人
不知明天的車輪
要滾上怎樣的路程？
——而且
中國的路
是如此的崎嶇，
是如此的泥濘呀。

雪落在中國的土地上，
寒冷在封鎖著中國呀……

透過雪夜的草原
那些被烽火所嚙啃著的地域，
無數的，土地的墾植者
失去了他們所飼養的家畜
失去了他們肥沃的田地
擁擠在
生活的絕望的汙巷裡；
饑饉的大地
朝向陰暗的天
伸出乞援的
顫抖著的兩臂。

中國的痛苦與災難
像這雪夜一樣廣闊而又漫長呀！

雪落在中國的土地上，
寒冷在封鎖著中國呀……

中國，
我在沒有燈光的晚上
所寫的無力的詩句
能給你些許的溫暖嗎？

艾青（Ai Ching, 1910-1996）是留法的藝術家、詩人。他是中國異議藝術家艾未未的父親。他曾法國留學回國後就被國民黨中國逮捕入獄，坐了三年牢。抗戰期間，他都在中國共產黨陣營的文化團體工作。〈雪落在中國的土地上〉描寫中國北方的冷冽、困厄，以農人、蓬髮垢面的少婦、年老的母親意喻中國，讓自己的詩溫暖這個苦難的國度，令人動容。他這一代詩人，胡風（Hu Feng, 1902-1985）、何其芳（He Qifang, 1912-1977）、李廣田（Li Guang-tian, 1906-1968）、田間（Tian Jian, 1916-1985）、陳敬客（Chen Jing-ke, 1917-1989）、蘇金傘（Su Jin-san, 1906-1997）、穆旦（Mu Dan, 1918-1977）……都在從國民黨中國到共產黨中國的變動過程中，以詩留下見證。相對於艾青這首〈雪落在中國的土地上〉，晚於這一世代的女詩人鄭敏〈Zheng Min, 1920-〉的〈金黃的稻束〉中，展露女性的觀照及中國南方的視野，呈現土地的靜默、沉思與溫慰。

金黃的稻束　（中國）鄭敏 作

金黃的稻束站在
割過的秋天的田裡，
我想起無數個疲倦的母親
黃昏的路上我看見那皺了的美麗的臉

收穫日的滿月在
高聳的樹巔上
暮色裡，遠山是
圍著我們的心邊
沒有一個雕像能比這更靜默。
肩荷著那偉大的疲倦，你們
在這伸向遠遠的一片
秋天的田裡低首沉思
靜默。靜默。歷史也只不過是
腳下一條流去的小河
而你們，站在那裡
將成了人類的一個思想。

鄭敏在學期間研讀外國文學與哲學，曾留學美國布朗大學並獲頒英國文學碩士學位，後返回中國的大學任教，從事文學研究，著譯作頗多。袁可嘉（Yuan Ke-jia, 1921-2008）、綠原（Lu Yuan, 1922-2009）是同一世代的中國詩人，在日本侵華戰爭相對的八年抗戰期間，留下許多動人詩篇。但在紅色革命後、中國共產黨取代中國國民黨之後的中國，也受到社會主義、寫實主義的政治正確所影響，詩歌服膺於國策頗多。文化大革命甚至造成心靈上的窒礙。直到一九七〇年代末、八〇年代脫離文革陰影後，才出現詩的新浪潮。朦朧詩的一代就是打破禁錮，再現詩風采的舵手。北島（Bei Dao, 1949-）、舒婷（Shū Tíng, 1952-）、顧城（Gu Cheng, 1956-1993）被視爲代表性詩人，多多（Duo Duo, 1951-）等人也享有聲譽。

鄉音　（中國）北島作

我對著鏡子說中文
一個公園有自己的冬天

我放上音樂
冬天沒有蒼蠅
我悠閒地煮著咖啡
蒼蠅不懂得什麼是祖國
我加了點兒糖
祖國是一種鄉音
我在電話線的另一端
聽見了我的恐懼

北島的這首詩是一首流亡在外詩人的心聲。一九八九年，中國北京爆發天安門事件，震驚世界。共產黨中國以坦克鎮壓學生運動，死傷無數，暴露了這個走資化的社會主義大國的威權獨裁及專制統治的黑暗面。視自由與人權爲無物的共產黨中國，從革命而反革命，北島有一段時間滯留國外，形同流亡。他藉著自己的流亡境遇，以北歐瑞典的寒冷冬季，描寫自己與鏡子對話的孤單，卻在電話另一端從祖國聽到的話語中聽見自己的恐懼，喻示天安門事件帶給詩人的震撼。

雙桅船　（中國）舒婷作

霧打濕了我的雙翼
可風卻不容我再遲疑
岸呵，心愛的岸
昨天剛剛和你告別
今天你又在這裡
明天我們將在
另一個緯度相遇

是一場風暴、一盞燈
把我們聯繫在一起
是一場風暴、另一盞燈

使我們再分東西
不怕天涯海角
只在朝朝夕夕
你在我的航程上
我在你的視線裡

舒婷這首〈雙桅船〉呈現迥異於政治八股的抒情視野，以船和陸地喻示著分離和連帶的航行和回返。朦朧詩一代的舒婷不同於北島的流亡性與異議性，以抒情風格呈顯新的觀照視野。成長於文革時代的北島和舒婷都失學，但有深刻的人生體驗，自修有成，反而不受體制的八股束縛，而能自由展現，也讓受阻於紅色教條的中國詩重新發展。在一九八〇年末的所謂改革開放走資化讓中國開放世界的窗口，不再局限於共產體制。新一代的中國詩人逐漸獲得世界的關注，就如同要揭開血染黃土地的傷痕一樣，詩人的作品裡蘊含著被解讀的祕密。

詩裡隱藏著祕密，比歷史更眞實地印記時代的心跡。俄羅斯與中國，在近現代分別從帝俄、蘇聯以至俄羅斯聯邦；中國也從大清帝國進入藍色中國、紅色中國。兩個大國分別是共產國家的搖籃和最大的傳承之國。蘇聯已解體，共產體制也消失；但中國仍奉行共產主義，並以走資化的方式繼續一黨專政。對於動盪的俄羅斯和變色的中國，詩是一扇深層觀照之窗，從這樣的窗可以體察冰封的靈魂，也可感知黃土地染血的氣息。

詩的二十堂課
第十九堂課

聽，美利堅在歌唱；加拿大、澳洲、紐西蘭迴盪著歌聲

有些歌曲名爲自由，
有些歌曲名爲解放，
甜蜜而憂傷的曲調，
飄揚在甲板上眼盲的水手旁，
在隆隆的暴雨聲中，依然如故。

美利堅合衆國（美國）是一七八三年獲大英帝國承認，原英國殖民者在東海岸的十三個殖民地，經由戰爭而獨立的國家。依據一七八七年制定的憲法，開拓了西部，經過南北內戰，以及版圖的擴大而形成五十個州的合衆國家。不是基於民族認同，而本著建國先賢所追求的自由與民主，這個從英國獨立的國家——聯邦國家，成爲民族的大熔爐，吸引了來自世界不同種族、不同國家對美國夢懷有憧憬的人們來到這個國度，使美國成爲政治和經濟有極大影響力的強大國家。

美洲原住民占美國人口不到百分之一，如今美洲原住民的土地不是失去就是以保留區而存在。他們隱藏在富裕的美國底層，不只比非拉丁裔白人少，也比拉丁美洲的移入者少，比黑色人種少，更比亞裔人口少，是眞正的弱勢族群。他們被踩在美國夢的底下成爲影子，形成微弱的聲音，是一段難以追索的過去，以及歷史發展中沉積於時間而被遺忘的血淚記憶。

動人的美國〈獨立宣言〉：「我們認爲下列眞理是不言而喻的：人人生而平等，造物者賦予他們若干不可剝奪的權利，其中包括生命權、自由權和追求幸福的權利，爲了保障這些權利，人類才在他們之間建立政府，而政府的正當權力，是經由被治理者的同意而產生的。當任何形式的政府對這些目標具有破壞性時，人民便有權力改變或廢除它，以建立一個新政府……」動人的話語構成了從十八世紀以來遍布世界的新興國家獨立運動的美麗樂章，並且成爲世界上許多不自由國家與人民的庇護所，也是許多貧困國家與人民尋求改善生活的新社會願景。

美國詩從英殖民時期的歐洲傳統文學移植到獨立運動的新認同，以美洲人的自由詩歌立足於新土，一些美國獨立革命的詩人開啓了美國詩的新序章，新民族的形成以十九世紀的浪漫主義文學運動爲標竿。布萊恩特（W. C. Bryant, 1794-1878）、朗費羅（H. W. Longfellow, 1807-1882）、愛倫坡（E. Allan Poe, 1809-1849）等都有其典型性。而以「聽，美利堅在歌唱」的行句，以《草葉集》在一八五五年爲美國詩開啓新頁的惠特曼（W. Whitman, 1819-1892），以詩歌的風格、韻律語言，呈現鮮明的新民族特徵，更是一道重要里程碑。

相對於歐洲，美國是個新世界。美國獨立後，原先北美十三州的新英格蘭文化，隨著向西部開發，向各方擴充，成為歐洲文化在美國的一個段落和句點。美國文化和美國詩就如同惠特曼《草葉集》裡〈自我之歌〉所諭示的：一種新的國度文化的形成，是包含各種膚色、族裔、階層、宗教信仰，在南方也在北方，不同地域、不同職業，甚至是無賴、囚犯，但對民主和自由懷有心志的公民。

愛蜜莉．狄瑾蓀（Emily E. Dickinson, 1830-1886）、史蒂芬．克蘭（Stephen Crane, 1871-1900）在十九世紀留下與惠特曼相異的詩風。不是熱情的歡唱，也不是明朗的吟詠，而是心靈中的美與憂傷互相探尋的情懷。

預感　（美國）愛蜜莉．狄瑾蓀 作　李敏勇 譯

預感——是那長長的影子——在草坪上——
暗示日光在隱落——

提醒驚慌的青草
黑暗——正要經過

心　（美國）史蒂芬・克蘭作　非馬譯

在沙漠
我看到一個生物，像隻野獸
蹲在地上，
手裡捧著他的心，
在吃。
我說：「好吃嗎，朋友？」
「很苦——很難吃，」他回答
「但我喜歡它
因為它苦

因為它是我的心。」

愛蜜莉．狄瑾蓀和史蒂芬．克蘭的詩象徵清教徒的節制、內斂，也有開朗、光亮美國夢背後的靜寂和暗影。這樣的美國詩帶有清教徒的色彩，也有超越主義的色彩，但亦脫離了既有的風雅傳統。史蒂芬．克蘭更以小說出名，但他和狄瑾蓀有些淵源，據說是讀遍狄瑾蓀的詩才跨入詩領域的。狄瑾蓀的名聲在她死後不斷上揚，被視爲美國詩在十九世紀以降的亮點，更與惠特曼前後輝映，成爲美國詩遠不能忽略的巨擘。

龐德（Ezra Pound, 1885-1972）是革新了惠特曼自由詩形式，開創現代派詩原則的特異詩人，他和獲頒諾貝爾文學獎的W．B．葉慈、T．S．艾略特在二十世紀英美現代詩歌運動幾乎有三足鼎立的地位，並以兩萬多行的未完成的長詩〈詩章〉（The Cantos, 1952-1962）及許多詩篇，留下重要地位；他也是重要的評論家，開創了新的詩風。二戰時期，他支持法西斯，因而成爲政治犯被監禁，以精神失常的理由關在精神病院長達十餘年，後在許多知名詩人、作家營救下獲救，返回義大利直至逝世。

從大英帝國獨立、歐洲文化脫出的美國，詩歌發展受到以英國爲主的歐洲文化和美國自身的創新文化影響。承續、仰慕、推崇歐洲文化的T．S．艾略特，後歸化爲英國公民，並以學院風格爲人稱譽，而W．C．威廉斯（William Carlos Williams, 1883-1963）則堅持美國本位特色。兩人甚至被以兔子與烏龜比喻，前者飛快嶄露頭角，而後者穩健慢走，後來居上。比他們都年長的佛洛斯特（Robert Frost, 1874-1963）以美國的新英格蘭詩人著稱，生於西岸舊金山，後來遷回麻州成長，曾就讀哈佛大學的他，經歷過不安定、困頓的生活，近三十歲時偕妻子到英國，出版詩集《少年的心願》（A Boy's Will）和《波士頓以北》（North of Boston）開展詩人名聲。作爲一位典型的新英格蘭詩人，佛洛斯特的詩是現實世界中的浪漫情懷，是與大自然親近的美國農民之家的心性，是樸素、清新、口語、幽默詩語中所流露的詩情詩意。一九六○年代，甘迺迪就任美國總統時，邀請佛洛斯特在就職典禮朗讀他的詩〈全心的奉獻〉（The Gift Outright），他引用英國艾克頓爵士「權力使人腐化」，加上「詩讓人淨化」爲開場白，顯示他的詩人精神。

雪夜林畔小駐　（美國）佛洛斯特作　李敏勇譯

這是誰家的樹林　我想我知道，
他的房舍在村子裡，雖然；
他不會看到我停在這兒
望著他的樹林覆蓋著雪。

我的小小馬兒一定感到奇怪
停留在沒有一家房舍靠近
在樹林和一個結冰的湖之間
在這一年最幽暗的夜晚。

牠搖了搖轠繩上的掛鈴

似想問問是否弄錯。
只聽得見微風的聲音
和輕柔的雪片。

樹林可愛幽暗而深沉，
但我還須信守承諾，
還要趕好幾哩路才能安睡，
還要趕好幾哩路才能安睡。

W．C．威廉斯的詩能讓人在閱讀中產生愉悅感，他的詩觸及日常傳統和現實景象的觀照和捕捉。父親爲英國移民，母親是有著〈西班牙〉巴斯克人、法國人和猶太血統的波多黎各人。秉持著對美國特性的堅持，他在開創美國詩的新傳統上與T．S．艾略特背道而馳，並以一部長詩〈帕特森〉（Paterson），在二戰後建立起扶搖直上的地位。〈紅色手推車〉是他鼎鼎有名、膾炙人口的一首詩。

波多黎各歌　（美國）W・C・威廉斯作　李敏勇譯

喔，神是
愛，
故而愛我。

神
是愛，故而
愛我。神

是
愛，故而愛
我深。
愛，這太陽

在早晨
登
臨
而
在
夜晚——
颼颼，颼颼！——
去了。

地域遼闊的美國，在不同地域各有不同的詩人望重一方。中西部，特別是伊利諾州和密西根州，卡爾·桑德堡（Carl Sandburg, 1878-1967）的〈芝加哥〉早在一九一〇年代初，發表於《詩刊》這份以芝加哥爲根據地的詩雜誌時，就令人刮目相看。著名的一首詩〈霧〉更見地景地誌的特色，是意象主義的經典作品。卡爾·桑德堡的詩集《芝加哥詩抄》（Chicago Poems），更是美國中西部凸顯工業地帶勞動者生活風霜的社會風景。

一戰前後，許多美國詩人和作家在歐洲的倫敦、巴黎，甚至在義大利、西班牙的城市逗留，康明思（E. E. Cummings, 1894-1962）是其中一位，他和哈特·克蘭（Hart Crane, 1899-1932）等人都被視爲先鋒派前衛詩人。吸收歐洲前衛主義，結合達達主義、意象派，形成他以文字爲圖案的奇特詩行句型，他著名的一首〈一片葉子掉落〉，即是拆解「Loneliness（a leaf falls）」而排列成形。

一片葉子掉落了　（美國）康明思作　李敏勇譯

孤（一片
葉
子
掉
落

二戰後的美國詩更大大掙脫學院派色彩，戰爭的經驗與教訓，讓詩人對所處社會有更深刻的觀照，更貼近生活，地域性和人間色彩更濃厚、強烈；美國詩也從現代性向後現代性跨越。從英國歸化為美國公民的W．H．奧登（Wystan Hugh Auden, 1907-1973）與T．S．艾略特（Thomas Stearns Eliot, 1888-1965）的棄美歸英恰巧相反。原在英國與史班德、C．D．路易士、麥克里斯等形成左翼詩人集團的W．H．奧登，早在一九三九年就對英國面臨納粹德國發動戰爭的不以爲意感到不滿，寧可受英國同胞指責，也不願像一些作家爲國捐軀，執意前往美國，並於一九四六年入籍。他在美國時寫的〈一九三九年九月一日〉這首詩，寫出他在紐約一間酒吧對歐戰發生事態的反思，爲二戰留下證言。詩的最末一行：「我們必須相愛，否則死亡。」更常被引用申論稱譽。W．H．奧登的詩，對政治、宗教、美學、倫理都有所探討。

暴君墓誌銘　（美國）W．H．奧登作　許達然譯

某種完美是他所需要，
而他發明的詩容易領略；
他對人的愚昧如反掌了解，
而他對軍隊及艦隊很有意思；
他一笑，可敬的參議員就爆笑，
而他一哭，孩子就死在街頭。

W．H．奧登娶了同樣流亡美國的德國小說家托瑪斯．曼的女兒爲妻，一九七二年曾返回英國，在母校牛津大學擔任駐校詩人，翌年（一九七三）因心臟病於維也納逝世。他曾聲援猶太裔蘇聯時代俄國詩人布洛斯基，稱他能離開西伯利亞流放之刑來到美國，是國際詩壇美事，兩人惺惺相惜，爲知音中的

知音。

黛妮絲·萊維托夫（Denise Levertov, 1923-1997）是從英格蘭移民美國的女詩人，父親是俄裔猶太人，曾研究W·C·威廉斯的詩藝，生活在美國並建立家庭的她，在一九六〇年代參與反越戰運動並受審。她與曾從美國前往英國，並與詩人泰德·休斯結婚生子，後離異返回美國，以自殺身亡的女詩人普拉斯大大不同，是樂觀開朗與陰鬱傷感的對比，她既介入社會，且不吝於描繪生活體驗，甚至讚頌肉體之愛。

伊麗莎白·畢修普（Elizabeth Bishop, 1911-1979）和艾得麗安·里奇（Adrienne Rich, 1929-2012）是值得一提的美國女詩人。畢修普在日常事物中發掘不平凡的意境，從生活中提煉詩情。里奇則深具公民意識，在哈佛大學求學時，就以處女詩集《世界的變化》被W·H·奧登重視，列入他在耶魯大學的青年詩叢。她擁有強烈的個性和事業心，卻造成婚姻失敗，丈夫輕生。有三個孩子的她不只在作品上表達其女同性戀者身分，更在女權運動、反越戰等公共事務積極投入，被稱爲詩人戰士，也反映美國社會的多元性。

界線　（美國）艾得麗安・里奇作　李敏勇譯

這裡發生的事況會把
活生生的世界分成兩半，
一半是我的，另一半給你。
最後我在這裡劃一道界線
分割這個太小、圈不住你的和我的
世界的構圖。
鴻溝在一根髮絲之中
足以讓男人無意分享
地球的窄狹空間，
但放置一面海或一道圍籬

分隔兩個相對立的心意
一根髮絲也會跨越差異。

艾倫．金斯堡（Allen Ginsberg, 1926-1997）是舊金山詩人群，包括斯奈德（Gary Snyder, 1930-）、創立「城市之光」書店的費靈格蒂（Lawrence Ferlinghetti, 1919-）等「垮掉派」或稱「敲打的一代」（Beat Generation）詩人中最突出的一位。在同性戀的大本營，反越戰的聖地，他的詩《嚎叫》或譯《吼》（HOWL）震人心弦，不只在朗誦會突出一格，也成爲暢銷詩集，他的故事也在他過世後被拍成電影。他在《嚎叫》的序開頭就說「女士們，拉好妳們的衣裙，我們就要穿經地獄了。」充滿世界末日感和社會重責壓力下的心靈，既放肆又自由，甚至成爲與惠特曼相互輝映的美國的另一種歌唱。斯奈德則深受東方性影響，迷戀道宗和禪宗，他的詩顯現沉浸於自在的恬靜，並且連結美國的印地安文化。

二戰後的美國，經濟高度成長，並成爲與蘇聯領導的共產國家對抗的資本主義民主陣線的領導國，在所謂的冷戰時期，美國詩歌在不同地域，不同想法的許多一九一〇世代、一九二〇世代，甚至一九三〇世代詩人群，發展出「黑山詩派」（The Black Mountain Poets），以奧爾森（Charles Olson, 1910-1970）一九五〇年代在北卡羅納州的黑山學院爲名，反學院，主張詩與社會對話、接觸：羅伯・克里利（Robert Creeley, 1926-2005），羅勃・鄧肯（Robert Duncan, 1919-1988），黛妮絲・萊維托夫等人都是，而「自白派詩歌」（Confessional poetry）則以羅勃・洛威爾（Robert Lowell, 1917-1977）爲首，包括約翰・柏里曼（John Berryman, 1914-1972）、普拉斯、謝歌絲登（Anne Sexion, 1928-1974），都在這個陣營。從學院而反學院，棄T・S・艾略特的詩信仰，從非個人化走向個人化，轉而揭示自我。羅勃・洛威爾的姊姊艾米・洛威爾（Amy Lowell, 1874-1925）則是意象派的大將。自白派詩人，包括柏里曼、普拉斯、謝歌絲登都以自殺身亡，反映了美國社會在高度經濟成長下的人生陰影。

新超現實主義和深層意象派是一九二〇世代爲主的美國詩人揭起的新詩風，分別從超現實主義和意象派重新詮釋。不同於黑山派、垮掉派、自白派，新詩風更注重社會和歷史的更深層次，更重視詩質，新超現實主義的W．S．默溫（William Stanley Merwin, 1927-）和深層意象派的羅伯．布萊（Robert Bly, 1926-）爲代表詩人。W．S．默溫出身普林斯頓大學，曾遊歷歐洲，在詩的創作和翻譯領域都有成績。羅伯．布萊也不遑多讓，著譯均豐，他曾在二戰時加入海軍，戰後畢業於哈佛大學。反越戰運動時，羅伯．布萊積極介入、干預政治，他曾爲詩介入政治辯護：「也許一棵樹可以是非政治的。」有挪威人血統的他，翻譯過挪威詩歌，也翻譯過瑞典詩人特朗斯特羅默（Tomas Tranströmer, 1931-2015）的詩，後來這位詩人在二〇一一年獲諾貝爾文學獎。

又是一年　（美國）W．S．默溫作　李敏勇譯

我對你沒有什麼
前程，窮人的天空之類的新要求。
我嘮叨的仍是同樣的問題。
我仍然企求著同樣的問題

臨著同樣的燈光，
磨著同樣的石頭。
而鐘針仍然敲著沒有進來。

雪落的午後　（美國）羅伯・布萊作　李敏勇譯

1

青草半覆著雪。
這是近黃昏才落下的雪，
現在青草的小小屋宇群越來越暗。

2

如我伸手靠近土地，
我能抓到滿手黑暗！
黑暗一直都在那兒，我們從未注意。

3

雨勢越大時，玉米桿消失在遠方，
而穀倉移近屋舍。
穀倉在風雪增強時獨自移動。

4

穀倉滿是玉米，現正朝我們走來，
就像海上暴風中一艘廢船漂向我們；
甲板上所有的水手已眼盲多年。

美國是種族的大熔爐，在英國殖民之前有印第安人存在，美國獨立後也吸引不同種族的來自不同國度的人們加入，更有早期引進奴工留下的黑人。這種多元性也反映在詩歌現象。蘭斯頓．休斯（Langston Hughes, 1902-1967）是重要的美國黑人詩人，他的詩吟詠黑人的哀傷、夢想和希望，編織著美國夢的自由風景。柯林頓就任總統時，邀請黑人女詩人朗讀詩。

在美國的流亡者　（美國）蘭斯頓・休斯 作　李敏勇 譯

有些字眼，像是　自由
甜蜜而且美好值得訴說。
在我心弦
自由每天都盡日歌唱。

有些字眼，像是　解放
那幾乎令我哭泣，
假如你已知道我所知
你就會知道是何故。

許多黑人詩歌豐富了美國詩歌，許多因爲流亡而被美國庇護的詩人，像波蘭詩人米洛舒、俄國詩人布洛斯基，都在美國以祖國的語言或英語留下詩的成果。兩人分別在一九八〇年和一九八七年獲頒諾貝爾文學獎。而有許多不同國度的移入者，儘管他們稱自己的詩爲尙未認同美國的美國人的詩，仍然成爲美國詩的一部分，而印地安人的詩歌則保留著原住民族特殊的自然觀，成爲一道特殊的詩風景。

一個將死在異鄉的人的歌　（美國）印地安俄吉卜威族詩歌

許達然　譯

要是我死在異鄉，
要是我死在不屬於我的土地，
無論如何，雷
隆隆的雷，
將帶我回家。

要是我死在這裡，風，
衝過大草原的風，

風將帶我回家。
風與雷，
他們到處是一樣的，
那麼就無所謂。
要是我死在異鄉。

加拿大是美國北鄰、世界國土第三大的國家，地廣人稀，從英裔和法裔殖民地獨立。一八六七年，加拿大成立第一個聯邦，像美國一樣，她橫跨太平洋和大西洋兩岸。除了英、法裔人口，也有印地安各族及其他歐洲國家移民、亞洲移民。比起美國，加拿大的福利政策更接近北歐國家。法裔爲主的魁北克省與英裔爲主的其他省分一直存在著芥蒂，分離運動迄未終止。

加拿大的英語詩歌和法語詩歌都頌揚自己的民族，謳歌自然開始。比起美國，相對雖不突出，二戰以後逐漸革新。從自然和民族的素材轉向個人心性，形式也不斷創新。英語詩人和法語詩人各擅勝場。

住所　（加拿大）瑪格麗特・愛特伍作　李敏勇譯

婚姻不是
一間房子或甚至一個帳篷

在此之前，而且更為寒冷

森林的邊緣，沙漠的
邊緣
尚未描繪的樓梯
就在那背後我們蹲踞在
外面，吃著爆米花
降低著的冰河的邊緣

那兒滿是痛苦而且帶著感嘆
承受著災難甚至
我們一直要
學著生火

瑪格麗特．愛特伍（Margaret Atwood, 1939-）是加拿大當代最具代表性的女詩人之一，也是小說家、批評家。她藉由住所討論婚姻，當中隱含著加拿大的地域場所，以及女性主義者的獨立思考與對家庭構造的批評。愛特伍是住在多倫多的加拿大英語詩人，另一位女詩人安．赫伯特（Anne Hébert, 1916-2000）則是魁北克的法語詩人，詩作大多是家庭生活的寫照，帶有憂傷。

快樂的冠冕　（加拿大）安．赫伯特 作　李敏勇 譯

死亡，變成一隻雌狼
一具石化的屍體在燃燒的地平線上

從一個村莊升起夢的輕煙
一百棟房屋背對背冒著煙

一些泳者，在無故事的夜晚游泳
聞著海草和海洋的氣味
你臉面的光
喚醒
一個臉上器官的生命
一個氣息的愛

日子再度開始
夜交叉水的線
黎明鋪展的翅翼
令大地眩目

黎明於手臂完成
詩在一個高高的頂峰
快樂的冠冕

從日暮到黎明，從夕陽一如古代的詩體在地平線燃燒，家家戶戶準備的晚餐從煙囪冒出白煙，到海邊游泳的人們，日出時令大地眩目的陽光，一首詩的完成歡愉於書寫，詩是頂峰上快樂的冠冕。安．赫伯特的詩映照出另一種抒情。

至於澳洲和紐西蘭，這兩個位於南太平洋、從大英帝國獨立的英語國家，也都地廣人稀。澳洲聯邦獨立於一九〇一年；紐西蘭在一九四七年獨立。以英國人及愛爾蘭人爲主的澳洲，大多爲從母國流放的罪犯，獨立後曾實施「白澳政策」，吸引許多義大利人和希臘人。後來開放，成爲一個多元文化社會。澳洲原住民被邊緣化，遲至一九九〇年代才受到原住民權利法案的保障。他們的國際視野一直到二戰後才漸從歐美轉向所屬的亞洲。紐西蘭由占有百分之九的原住民毛利人和歐洲人爲主，包括其他移民組成，人口大約占澳洲六分之一，僅數百萬人。一九九五年的和解法案才歸還毛利人土地——這個被視爲紐西蘭之心的民族所生長的曠野。

茱娣絲·萊特（Judith Wright, 1915-2000）是著名的澳洲女詩人，她出生新南威爾斯鄉間，家裡是飼養綿羊的牧場。雪梨大學畢業後，旅遊歐洲、增廣見聞。她的詩反映了昆士蘭山脈南邊的生活、生態，流露出女性在身體和愛情中的探索。

女人對孩子　（澳洲）茱娣絲·萊特作　李敏勇譯

你是那溫熱我血肉的混沌黑暗，
在那兒破繭而出滋生種子。
然後我在內裡形塑一個全然的世界；

一整個世界你聽和看
緊緊黏貼著我夢的血液。

那兒移動非常多的星星，
也移動多采多姿的鳥群和魚群。
那兒優游滑動著洲際大陸。
全部時間都圓滾滾地躺在我身體裡，
感覺，並且愛而不知被愛。

喔，世界的一個部分和焦點；
我在那井裡深深擁有你
你將會脫離而不逃離——
那平靜反映你睡眠的模樣；
那平靜養育你逐漸變大的細胞。

我變得衰弱而你從我破身而出；
然而經由你在生活之光的舞蹈
我是土地，我是根，
我是莖葉餵育果實，
是連結引你進入睡眠。

從懷孕到生產，一連串新生命形成的過程是重生，是承擔，也是喜悅，她的詩反映了從耕種到收穫的視野。而紐西蘭的毛利女詩人克莉絲汀．孔拉德（Christina Conrad, 1942-）的詩，則流露出原住民的夢與狂野。

我是凶惡的狼　（紐西蘭）克莉絲汀．孔拉德 作　李敏勇 譯

我是凶惡的狼
凶惡的凶惡的
一隻凶惡的狼漫步著

一隻凶惡的狼正觸撫著青草
　我是凶惡的
　凶惡的
一隻凶惡的狼披戴著一道彩虹

美國、加拿大、澳洲、紐西蘭，除了加拿大魁北克以法語爲主，其他都是從歐洲大英帝國獨立的國家，從十八世紀到十九世紀，在北美和南太平洋形成新的國家形貌。美國是超級強國，加拿大面積遼闊，澳洲、紐西蘭地廣人稀。這些國家根源於歐洲，也含有原住民族的元素，在自由與民主的條件上都具有光明的願景，且經濟高度成長。詩在這些國度的歌唱和迴盪，既反映了根源與文化的傳繞，也不斷在創造新的視野，這視野中兼具純粹和參與的性質，個人和社會的圖像。聽，美利堅在歌唱，迴盪著加拿大、澳洲、紐西蘭的歌聲。彷彿新世界的音符書寫在從殖民獨立的新興國家歷史的樂譜，這些音符在豔陽下或細雨濛濛中閃亮而生動地呈顯著。

詩的二十堂課
第二十堂課

拉丁美洲解放的心：在劍與十字架的土地綻放自由之花

有一天，
詩裡反抗的獨裁者，
名字會被遺忘，
而我們的詩將流傳下去。

拉丁美洲的廣泛定義是以西班牙、葡萄牙殖民獨立後的許多國家，擴及北美洲的墨西哥、加勒比海周邊、中美洲的古巴、瓜地馬拉、薩爾瓦多、宏都拉斯、尼加拉瓜、哥斯大黎加、巴拿馬（其間包括以非洲後裔爲主，以及少數法國人後裔的海地，法、英統治過的聖露西亞，也有從荷蘭獨立的小島國），以及南美洲的委內瑞拉、哥倫比亞、厄瓜多爾、祕魯、玻利維亞、巴西、智利、烏拉圭、阿根廷……

相對於北美的美國與加拿大從英、法獨立的歐洲性，自西班牙和葡萄牙獨立的拉丁美洲諸國的歐洲性皆不盡相同。從葡萄牙獨立的巴西通行葡萄牙語；其他從西班牙獨立的國家，通行西班牙語，而宗教信仰則是天主教。十五世紀中期之後，這些印地安原住民的土地就被一手拿劍、一手高舉十字架的歐洲人——西班牙和葡萄牙兩個帝國的勢力入據、侵占。經過十六到十九世紀長達三個世紀的殖民統治，殖民者與在地出生者、白人和印地安人混血者，以及印地安人，形成了共同體意識，產生新的美洲認同，在美國獨立及法國大革命後，導致拉丁美洲風起雲湧的獨立運動，形成許多新國家。非洲人的移入，以及後來更多歐洲不同國家人民的移民，黑人文化、歐洲不同國家的文化，更與西班牙、葡萄牙文化以及印地安文化交織成拉丁美洲文化的多元色彩。從印地安文學、殖民時期文學、獨立運動及各自共和國初期文學，累積成拉丁美洲的文學傳統。拉丁美洲的詩運動在特殊的空間性：山脈、河流、土地、海洋和特殊時間性：政經與國家的變革中發展，既映照了歐洲詩的發展史，也投影了美洲大陸的脈動。

古巴詩人何塞·馬蒂（José Martí, 1853-1895）和尼加拉瓜詩人魯文·達里奧（Rubén Darío, 1867-1916），在西班牙語詩歌的「現代主義」（也被稱爲「新世界主義」）分別爲前、後期的代表，被稱爲「先驅者」。而「現代主義運動」則以魯文·達里奧爲代表，在他的推動之下，帶領了不同國度的詩人，讓拉丁美洲詩在世界文學的場域發光。他們與歐法相互激盪，互相輝映。魯文·達里奧的現代主義運動甚至影響了西班牙詩，廣泛的拉丁美洲西班牙語系國家比殖民者的西班牙更遼闊；而巴西則是從葡萄牙獨立，說寫葡萄牙語文，發展自己國度的現代主義，晚於西班牙語系的拉丁美洲國家。

拉丁美洲的近現代與當代詩，在世界的舞台發光。他們特殊的政治情境，從殖民到獨立的後殖民現象，軍事獨裁與人民革命交替，經濟發展的被掠奪導致社會議題嚴重，都激發詩人們在現代主義與現實主義相互磨勵的詩藝，扣緊世界的脈動。在藝術中追尋現實，在現實中追尋藝術，血肉化的藝術之花，美麗而動人，燦爛而繽紛。智利女詩人米絲特拉兒（Gabriela Mistral, 1889-1957）一九四五年獲諾貝爾文學獎；同爲智利詩人聶魯達（Pablo Neruda, 1904-1973）一九七一年獲諾貝爾文學獎；墨西哥詩人帕斯（Octavio Paz, 1914-1998）一九九〇年獲諾貝爾文學獎，與多位獲諾貝爾文學獎的拉丁美洲小說家都煥發了拉丁美洲的文學藝術光采。

墨西哥在美國之南，像一隻加勒比海上的長靴。一八二一年，從西班牙獨立，建立聯邦共和國。但原本屬於其聯邦的德克薩斯，先是開放給美國移民，後來成爲美國的一州；一八四六年的美墨戰爭，新墨西哥、亞利桑那、內華達、猶他、加利福尼亞、科羅拉多，也都成爲美國的新州。迄今，仍有許多墨西哥人非法進入美國打工、定居。首都墨西哥城就在原阿茲特克人的古都舊址，是一座巨大的城市。二十世紀初期，長達十年內戰的「史詩革命」，是因為外國石油公司過度開採，以及人民對土地改革的不滿而引發的農民叛亂，導致二十五萬人死亡。一九二六年，也發生天主教神父領導的「耶穌戰爭」，為期將近四年。一九九四年到一九九六年之間，更爆發南方游擊隊的叛亂活動，顯示經濟掠奪和政治發展的問題。

帕斯是墨西哥，也是拉丁美洲的偉大詩人。一九三〇年代曾到西班牙參加「反法西斯作家聯盟」的他，活躍於文學及外交事務領域。他的詩結合了藝術的純粹和社會的介入，使其兼具矛盾的調和色彩。他主編過許多文學雜誌，多次出任墨西哥駐外大使，一九六八年抗議本國政府鎮壓學生運動，辭去駐印大使的職務。

詩人的墓誌銘　（墨西哥）帕斯作　李敏勇譯

他試著歌唱，

為了遺忘
真實生活的虛偽，
為了記憶
虛偽生活的真實。

稍晚於帕斯出生，但早逝於帕斯的卡斯特蘭歐思（Rosario Castellanos, 1925-1974），也有外交官經歷，被稱爲墨西哥「五〇世代」群詩人，與薩比納斯（Jaime Sabines, 1926-1999）同年出生。致力於婦女解放運動的卡斯特蘭歐思融合歐洲文化和印地安文化，因印地安保母的照顧，受馬雅文化影響，詩裡有著神祕的追索。

棕櫚樹　（墨西哥）卡斯特蘭歐思 作　李敏勇 譯

風的女士，
大草原的蒼鷺

你搖晃時
你的腰肢唱歌
祈禱的姿勢
或翅翼的序幕
你是一個一個倒灌入天空的
杯子

從人的黑暗大地
我跪著讚賞你
高大、赤裸的，孤獨。
一首詩。

加勒比海的古巴，是這個海域最大的島國，曾是世界第三大蔗糖生產國。歷經西班牙殖民統治和美國的介入干涉，這個國家在獨立後，常受到軍事強人的獨裁統治。一九五九年，卡斯楚在多年的游擊戰爭後，建立了仿蘇聯模式，實施馬克思列寧主義的共產政權。迄今超過半個世紀，蘇聯已解體，但古巴仍在卡斯楚建立的政權控制之下。切・格瓦拉（Che Guevara, 1928-1967）雖不是古巴人，也是古巴革命的象徵性人物。雪茄是古巴的特產，以蔗糖爲原料的蘭姆酒、咖啡……首都哈瓦那是度假聖地，吸引來自歐洲和加拿大的觀光客，美國在封鎖古巴長時期後，也已解禁。這個國家除了西班牙人後裔，還有非洲黑人奴隸的後裔與鄰國牙買加移民，在拉丁美洲獨樹一格，詩人備出。

何塞・馬蒂、紀廉（Nicolás Guillén, 1902-1989）、西・拉紮馬・利馬（José Lezama Lima, 1910-1976）、何賽・科塞爾（José Kozer, 1940-）都是著名的古巴詩人，受到尊崇。南西・摩列瓊（Nancy Morejon, 1944-）、露得絲・卡索（Lourdes Casal, 1938-1981）、烏羅雅（Yolanda Ulloa, 1948-）等女性詩人不乏具有革命意識者。

一個清潔婦的簡短傳記　（古巴）烏羅雅作　李敏勇譯

愛彌麗雅
朝向地平線
繫起白色吊掛洗過衣物的線
而肥皂泡沫在她雙手之間
搓洗得光潔溜溜

愛彌麗雅的背
彎曲成
有如一朵花

在大白天的炎熱之中。
她在洗滌過衣物之間穿行，
從容不迫，然後離開。

簡單的詩、素樸的心，工作中的女性形影映現在富傳奇性的共產國家古巴。勞動者的形象，不是怨嘆，也非憐憫，而是女性的平凡投影。

海地這個加勒比海國家，曾是西班牙殖民地但割讓給法國，一八〇四年獨立，政治動盪未曾停止，軍人政府和文人政治交替。民族構成以非洲人的後裔爲主，加上以法國人爲主的歐洲裔。二十世紀初期曾被美國占領十多年，是一個以法語爲官方語言的國家。貧窮是海地的困境，階級矛盾嚴重。詩人在海地，以行句撫慰人們的心靈，冉波爾（J. Jean Pierre, 1940-）的〈我們詩人〉說，詩人「會收容苦難」「接收訊息」「等候愛情」。許多移民到美國或法國的海地詩人，也不例外。蘇茲・巴蓉（Suze Baron, 1955-）就是個例子。

他們說（海地）蘇茲・巴蓉作　李敏勇譯

他們說
人的血

豐富了心靈

假使真是這樣
假使真是這樣
我的朋友們

稻米小米雜糧
在海地
應該是
充裕的

聖・露西亞是加勒比海的一個說寫英語國家，先後受法國和英國統治，保有兩國文化特色，多黨民主制發展良好。人口僅數十萬人，但因地小密度高，族群間並不緊張。以生態旅遊吸引遊客的這個小小國家，由不及千人的警察中劃出一個小規模軍事分隊掌理國防。一九七九年才獨立並加入大英國協。沃克特（Derek Walcott, 1930-）是這個小小國家獲諾貝爾文學獎（一九九二年）的大詩人，他在多元文化背景上建構他的詩學，有英國、非洲和荷蘭血統，用英語寫作，但熟練許多語言，把本土和世界連結起來，優游於傳統與現代之間。

墨西哥以南的加勒比海西岸，除了貝里斯和巴拿馬是英語國家之外，瓜地馬拉、薩爾瓦多、宏都拉斯、尼加拉瓜、哥斯大黎加是典型的西班牙語國家。尼加拉瓜詩人魯文．達里奧是西班牙語詩的現代主義奠基者，不只影響尼加拉瓜詩人，也影響了拉丁美洲、甚至殖民母國西班牙。他是憧憬、追尋「有印地安血統、天眞無邪的美洲」詩人，留下詩集《生命與希望之歌》。在尼加拉瓜，他的塑像在公園，他的畫像在機場。曾遊走智利、阿根廷；回到中美洲後，參與了多個國家的政治活動，也到過北美、歐洲。

尼加拉瓜因魯文．達里奧的影響，也成爲拉丁美洲詩人之國。桑定革命在一九七九年推翻獨裁強人蘇慕薩，詩人卡德尼爾（Ernesto Cardenal, 1925-）是耶穌會教士，也是拉丁美洲解放神學的力行者。他帶領游擊隊員寫詩、讀詩，成立詩的工作坊，他的政治詩和讚美詩交響在人民的耳畔，後來在新政府擔任

第一任文化部長。

政治詩　（尼加拉瓜）卡德尼爾作　李敏勇譯

我們的詩暫時不能發表，
只以油印或手抄傳遞。
但總有一天
詩裡反抗的獨裁者
名字會被遺忘
而我們的詩流傳下來。

讚美詩（尼加拉瓜）卡德尼爾作　李敏勇譯

喔，主啊，給我語字的耳朵
　　聽取我的嗚咽
　　　　留意我的抗議聲
因為你不是一個對獨裁者友善的上帝
你既不是他們的政治同黨
也不是被宣傳影響的人
更不是和盜匪結夥的人
他們的言辭裡沒有誠信

卡德尼爾領導詩的工作坊，並將學員的作品編纂。這些革命時的游擊隊成員有工人、農民、護士等等。雖然不是詩人，但作品的素質反映了一個詩人之國的風貌，這些民眾詩在台灣有中文譯本《革命之花》（春暉出版．李敏勇譯）。

鷺鷥 （尼加拉瓜）派茲*作 李敏勇譯

坐在峽谷的斜坡上
我看到一群鷺鷥
飛落下來，牠們的腳細而長
像木樁。
我站起來走向牠們。
不想被接近，牠們振翅飛起。
在廣漠的天空牠們像片片棉花
被風拉著。

註：派茲（Juan Bautista Paz）是一位參加游擊隊詩工作坊的木工。

不只在尼加拉瓜，在拉丁美洲的國家，詩人既是鳴唱者也是預言者。他們的人民常常以西班牙語呼喊「Viva La Poesia!」（詩歌萬歲），詩人被尊敬推崇被愛戴。尼加拉瓜的國際詩歌節和薩爾瓦多及許多國家的國際詩歌節，都有來自世界各國詩人與會，當地居民也都踴躍參與。

加勒比海以南的南美洲廣大地域可說是拉丁美洲之心。東北角的蓋亞納是英語國家，法屬圭亞那與說荷蘭語的蘇利南等地域小的國家是例外。從北往南，委內瑞拉、哥倫比亞、厄瓜多爾、祕魯、玻利維亞；巴西是葡語國家，東鄰大西洋，是南美最大的國家，烏拉圭在其南方；西南是阿根廷，一直延伸到南美底端；西側是太平洋沿岸，國土狹長，安地斯山脈綿延的智利。

祕魯是赤道以南的太平洋國家，一半以上人口住在安地斯山脈高地區域；留有印加帝國的遺蹟。人口主要是印地安原住民，也有日本人和華人。一八二四年獨立後，又曾與西班牙發生戰爭。一九九〇年，日裔祕魯人藤森還曾當選總統，並在軍人支持下，解散國會、改變體制。這種政變，從原先獲人民支持，作爲對抗「光明之路」游擊叛軍的力量，但他連任後弊端叢生，甚至流亡國外。

巴列霍（César Vallejo, 1892-1938）是祕魯著名詩人。父親西班牙人，母親印地安人的他，曾因思想激進入獄，後來流亡法國，留在歐洲生活。一九三〇年代，他參加西班牙共產黨，活躍於政治運動，是極爲前衛的詩人，對拉丁美洲詩歌有重要影響。《黑色的使者》《西班牙，我喝不下這杯苦酒》《人類的詩篇》是他的代表詩集。

黑色的使者　（祕魯）巴列霍作　李敏勇譯

生活中有這麼嚴厲的打擊……我不知道！
那打擊似乎來自上帝的仇恨；如同面對他們，
一切苦惱的後遺症
沉澱在靈魂……我不知道！

打擊雖少；但在最冷然的面孔和最結實的背脊
那鑿開陰暗的溝。
也許它們是野蠻的匈奴王的戰馬；

或死神派遣來的黑色使者。

它們是靈魂的耶穌墓裡落下形象
一些命運詛咒的可敬的信仰。
那些血淋淋的打擊是麵包的爆裂
正在爐門為我們烘烤。

而人……可憐……可憐的人！他轉過頭
就像有人正拍了拍我們肩頭；
他聽了聽他瘋狂的眼睛，而一切活似
在瞥見中的譴責，就像罪責的咒罵。

生活中有這麼嚴厲的打擊……我不知道！

智利南北綿延四千多公里，狹長而沿海，安地斯山脈彷彿背脊在國土延伸。北鄰祕魯，東邊是玻利維亞和阿根廷，一八一八年獨立之前一直由西班牙統治。左、右路線政黨，以及軍人、文人統治的獨裁和民主衝突，讓這個有龐大中產階級、並曾發展經濟佳績的國家，像拉丁美洲國家一樣動盪不安。皮契諾是惡名昭彰的軍事將領、獨裁總統，曾在一九七〇年代到九〇年代領導智利政局，壓制反對派人士。他以軍事政變，取代阿連德總統的左派政府。下台後，流亡國外，被以人權迫害罪嫌拘押、引渡、治罪。這個以混血人種及歐洲人種占絕大多數的國家在進入二十一世紀後，左右翼政黨都已逐漸遵循民主制度發展。

米絲特拉兒與聶魯達分別於一九四五年和一九七一年榮獲諾貝爾文學獎。曾任教小學教師的米絲特拉兒，在〈死的十四行詩〉紀念初戀男友，寫下「大地將變成柔軟的搖籃，把你這痛苦的嬰兒抱在懷裡」的抒情，以一種柔性想像流露她浸染在安地斯山脈的心境。而聶魯達生在智利中部小鎮，後來在南部成長。在一九二〇年代，以詩集《二十首情詩和一首絕望的歌》建立名聲。並在之後擔任外交官，出任亞洲及歐洲許多國家的領事。一九三六年西班牙內戰時，他也投入反法西斯的戰鬥。二戰期間，他聲援反法西斯。後來，爲選國會議員，加入智利共產黨，在右派執政後流亡歐美。直到智利政府撤銷對他的通緝之後，他又回到國內，並出任駐法大使，還曾被智利共產黨推薦爲總統候選人。在他的百歲冥誕，一部以他流亡生涯爲題材的電影《郵差》，帶動全球的聶魯達熱。革命的熱情與浪漫的心情交織，聶魯達被譽爲拉丁美洲詩歌的集大成者，世界的偉大詩人。

薄暮　（智利）米絲特拉兒 作　李敏勇 譯

我感覺我的心在融解
一如蠟燭在溫暖之中
我的血管是緩緩流動的油
而不是酒，
而且我感覺我的生命
安靜而柔順一如瞪羚。

詩》《地上的居住》《一般之歌》《元素頌》《狂想集》《一百首愛的十四行詩》《智利之石》《黑島的回憶》都是聶魯達的代表詩集。他在黑島的一些詩歌，觸及海洋，探索海洋，別有另一種風景。

海　（智利）聶魯達作　李敏勇譯

太平洋溢流著地圖上的許多國境。
沒有裝填它的場所。它那麼大，狂野而鬱藍
以致不能安置在任何地方。這就是它留在我窗前的原因
人本主義者們憂慮渺小的人們年復一年凝視。
他們不能盤算。
不只是大帆船，裝載肉桂和胡椒在翻覆時使它芳香。
不。

不只是探險隊的船隻——脆弱地像搖籃衝撞
成碎片掉落深海裡——船的龍骨覆蓋著死去的人們。
不。
在這海洋，一個人像一灘鹽般溶解，而海水並無所急。

阿根廷是人口最多的拉丁美洲國家，國土占據南美南端的大部分地區，以安地斯山脈與智利東西分界，肥沃的彭巴草原，農業發達，牛肉、小麥、水果產量豐富。一八一六年展開獨立運動，引發長期內戰。一八五三年確立聯邦體制，並吸引更多歐洲人移入。這是南美從西班牙獨立的國家中，歐洲人比例最高的國家。印第安人只占極少比例，更多的二十世紀歐洲移民後裔使阿根廷具有歐洲風格，義大利人比例很高；又有中東的黎巴嫩、敘利亞移民、日本人、韓國人。信仰天主教。歷經多次軍事政變，阿根廷也像其他許多中南美國家一樣，政治變局多。一九四〇年代到五〇年代，貝隆主義者以工人階級與左翼知識分子爲基礎，先與軍方維護的右派對抗，後來又經由民粹主義導向右翼化。

貝隆與伊莎貝莉塔交織著政治悲美故事，吟唱出〈阿根廷，別讓我哭泣〉的情節，扣人心弦。

波赫士（Jorge Luis Borges, 1899-1986）在貝隆獨裁統治時期反對獨裁，在宣言上簽署而受到迫害。他從圖書館被革職，改派至市場爲擔任家禽稽查員，但他拒絕出任。一九五〇年代，貝隆下台後，他出任國立圖書館館長。有英國血統，受過英國教育，曾隨家人移居瑞士，後來在英國劍橋大學攻讀英、法、德語的他，是一位在文學有積極主張、創作和評論均極卓越的作家和詩人。既爲極端主義者，也富神祕主義色彩。富有學者色彩的他，被譽爲「作家中的作家」和「詩人中的詩人」。

南方　〈阿根廷〉波赫士作　李敏勇譯

從你的一個庭院，曾眺望
古老的星群，

從陰影裡的一座長椅，曾眺望
零落的光點
我的無知未曾學會為它們命名
也無法排出星座，
曾察覺祕密水池中
流水的循環，
康乃馨和忍冬花的香味，
安睡的鳥兒的寧靜，
門廊的彎拱，潮濕
——這些事物，也許，就是詩。

波赫士的詩，自然而不平淡，奇巧而不怪異。他在拉丁美洲詩人的壯闊行列中，以純粹而非介入受到讚佩，是一位有學問的詩人。在迷宮與玄想中，它的文學人生使他成爲書鏡中人。他在一九八六年六月間逝世於日內瓦，距他與女祕書結婚不到兩個月。這是他的首段婚姻，當年，他已八十七歲。遊歷世界的波赫士，長眠於他要定居的城市。

歷史　（阿根廷）胡安．格爾曼作　李敏勇譯

研究著歷史，
日期，戰役，書寫在岩石上的書簡，
著名的詞句，聖哲們崇高的氣息，
我只看到暗澹的，冶金
採礦，縫紉，奴隸們的手
創造著光輝，世界的驚險，
他們死了而他們的指甲仍然生長。

胡安．格爾曼（Juan Gelmon, 1930-2014）的〈歷史〉，反映的是拉丁美洲的經驗，也反映人類普遍的經驗。歷史在庶民的手，在被壓迫者的手，在流血流汗的底層力量被創造、被推進。交織著光榮與黑暗的歷史。啊！歷史。

巴西是一八二二年擺脫葡萄牙獨立的拉丁美洲國家。荷蘭、法國都曾入侵巴西，但巴西的獨立是葡萄牙王子佩德羅以攝政王身分宣布獨立，自立爲巴西皇帝，脫離母國。一八八九年，建立爲共和國，皇帝流亡法國。一八九一年制定聯邦憲法。國土爲南美洲最大，但人口少於阿根廷。亞馬遜河雨林和咖啡生產，大量的黃金、石油礦產、畜牧業，這個國家的一九六〇年代曾以「巴西奇蹟」快速發展經濟，但也因政治問題的左右紛爭而未能穩定持續。首都巴西利亞是巴西建築、都市計畫，以及現代藝術風格的展現，聖保羅爲南美第一大都市，人口約兩千萬人，大多是葡萄牙移民者和十七世紀從非洲來的甘蔗奴工後裔，新移民則以義大利人爲主，日本也曾因國內糧食不足而鼓勵移民至此。

噪音　（巴西）費里拉・格爾拉作　李敏勇譯

每一首詩都是空氣形成
而且只是空氣

詩人的手
不會砍伐木材
不會損壞
金屬
石頭
不會使手指頭
汙藍
當它書寫早晨
或微風
或一個婦人的
短上衣時
無需特別材料
全部
都是
噪音

在閱讀者的氣息裡
持續鳴響

費里拉．格爾拉（Ferreira Gullar, 1930-）是一九五〇年代就開始發表作品的巴西詩人。一九六〇年代起，社會意識增強，具革命色彩。於一九七〇年代流亡國外，直至軍事政權垮台，重返民主，才又回到巴西。他的詩有社會意識，富批評性。而麗絲波阿（Henriqueta Lisboa, 1901-1985）這位女詩人的詩，呈顯的是巴西亞馬遜河的雨林風景。

回聲　（巴西）麗絲波阿 作　李敏勇 譯

綠鸚鵡
發出尖叫聲。
岩石驟然
觸怒、回應。

一陣大騷動
驚擾森林。
成千隻鸚鵡
一起騷動，
而岩石回應以對。

從所有的邊緣
機槍掃射著的空間
刀刃般尖叫的雨
雨落下來
非常刺耳的尖叫！
但沒有人死去。

詩在拉丁美洲，就像陽光、空氣、水，特殊的族群組成與來自歐洲的殖民者、移民者，以及和印第安人，來自非洲黑人奴工的後裔……交織出特殊的歷史脈絡，西班牙和葡萄牙文化在此都與原來在歐洲的西班牙和葡萄牙更為廣闊延伸。獨立為美洲國家之後，典型的後殖民現象，政治經濟發展不盡像北美的英法殖民地獨立國家在民主之路的順遂，資本掠奪造成的階級衝突和社會紛爭延續殖民的劍與十字架情境，詩更為血肉化，而不僅僅是生活的裝飾，詩人們在拉丁美洲參與並見證了解放之路，也綻放自由之花，成為心靈土地上的紀念碑，撫慰人們，與時間、空間一起呼吸。

索引 index A~Z

敘利亞／黎巴嫩　阿多尼斯（Adonis）〈貝魯特圍城日記，一九八二：沙漠〉61

俄羅斯　愛赫瑪托娃（Anna Akhmatova）〈他愛……〉174

中國　艾青（Ai Ching）〈雪落在中國的土地上〉188

埃及　安德烈・秋蒂得（Andree Chedid）〈我們扮演什麼？〉69

加拿大　安・赫伯特（Anne Hébert）〈快樂的冠冕〉228

印度　A・K・拉曼周安（A. K. Ramanujan）〈一個印度人對他的身體〉44

美國　艾得麗安・里奇（Adrienne Rich）〈界線〉218

俄羅斯　瓦茌聖斯基（Andrei Voznesensky）〈我是哥雅〉184

日本　秋谷豐（Akiya Yutaka）〈漂流〉14

俄羅斯　愛赫瑪杜琳娜（Bella Akhmadulina）〈寂靜〉182

德國　布萊希特（Bertolt Brecht）〈題一隻中國茶樹根做成的獅子〉161

中國　北島（Bei Dao）〈鄉音〉197

荷蘭　柏特・舒爾畢克（Bert Schierbeek）〈太陽：白日〉164

臺灣　白萩（Bai Qiu）〈水窪——給臺灣〉26

印尼　察利爾・安瓦（Chairil Anwar）〈守夜的戰士〉37

紐西蘭　克莉絲汀・孔拉德（Christina Conrad）〈我是凶惡的狼〉233

臺灣　錦連（Chin Lien）〈鐵橋下〉19

土耳其　蘇雷亞（Cemal Süreya）〈照片〉98

波蘭　米洛舒（Czesław Miłosz）〈禮物〉120

匈牙利　柯素里（Csoóri Sándor）〈統治者們〉125

祕魯　巴列霍（César Vallejo）〈黑色的使者〉251
伊拉克　米克亥爾（Dunya Mikhail）〈新年〉67
南蘇丹　莫比（David Morbe）〈慶祝南蘇丹獨立〉93
奈及利亞　歐沙貝（Dennis Chukude Osadebay）〈新興非洲的悲哀〉76
尼加拉瓜　卡德尼爾（Ernesto Cardenal）〈政治詩〉247／〈讚美詩〉248
美國　康明思（E. E. Cummings）〈一片葉子掉落了〉214
美國　愛蜜莉·狄瑾蓀（Emily E. Dickinson）〈預感〉206
奧地利　艾力克·弗里德（Erich Fried）〈在首都〉163
喀麥隆　容鐸（Elolongué Epanya Yondo）〈新生〉87
巴基斯坦　法伊茲（Faiz Ahmad Faiz）〈景致〉46
馬拉威　法蘭克·齊普素拉（Frank M. Chipasula）〈詩藝宣言〉85／〈無題〉86
巴西　費里拉·格爾拉（Ferreira Gullar）〈噪音〉260
伊朗　法洛克巴札得（Forugh Farrokhzad）〈我是悲傷的〉65
西班牙　羅卡（Federico García Lorca）〈離別的談話〉109
智利　米絲特拉兒（Gabriela Mistral）〈薄暮〉254
義大利　翁加雷蒂（Giuseppe Ungaretti）〈不變之律〉107
巴西　麗絲波阿（Henriqueta Lisboa）〈回聲〉262
德國　海納·慕勒（Heiner Müller）〈布萊希特〉161
丹麥　諾得布蘭特（Henrik Nordbrandt）〈街道〉166

拉脫維亞　拉道夫卡斯（Henrikas Radauskas）〈賣東西的女孩〉137

南非　瓊寇（Ingrid Jonker）〈這個小孩在奈安加被軍人射殺而死〉89

阿根廷　胡安．格爾曼（Juan Gelmon）〈歷史〉259

阿根廷　波赫士（Jorge Luis Borges）〈南方〉257

希臘　瑪絲託拉姬（Jenny Mastoraki）〈汪達爾人〉103

尼加拉瓜　派茲（Juan Bautista Paz）〈鷺鷥〉249

法國　裴外（Jacques Prévert）〈和平演說〉158

西班牙　希梅內斯（Juan Ramón Jiménez）〈音樂〉111

澳洲　茱娣絲．萊特（Judith Wright）〈女人對孩子〉231

韓國　金光林（Kim Kwang-rim）〈死之後〉17

愛沙尼亞　K．列皮克（Kalju Lepik）〈咒語〉138

韓國　高銀（Ko Un）〈大哉春日〉24

美國　蘭斯頓．休斯（Langston Hughes）〈在美國的流亡者〉224

臺灣　李敏勇（Lee Ming-yung）〈你有一個國家嗎？〉28

塞內加爾　沈果爾（Léopold Sedar Sénghor）〈我爲你譜曲〉80

越南　林氏美夜（Lam Thi My Da）〈花園香〉42

加拿大　瑪格麗特．愛特伍（Margaret Atwood）〈住所〉227

捷克　賀洛布（Miroslav Holub）〈顯微鏡中〉123

瑞典　瑪麗亞．莞恩（Maria Wine）〈無題〉167

越南　阮志天（Nguyen Chi-thien）〈帶著哀傷旅行〉41

希臘　　　娜娜．伊莎亞（Nana Issaia）〈祭祀〉102

巴勒斯坦／以色列　尼達．柯麗（Nidaa Khoury）〈火的子民〉57

立陶宛　　米留絲凱蒂（Nijolē Miliauskaitē）〈在冬天的夜晚〉136

保加利亞　尼諾．尼可諾夫（Nino Nikolov）〈窗外的水〉130

土耳其　　納京．喜克曼（Nâzim Hikmet Ran）〈今天是星期天〉97

莫三比克　諾耶米亞．索沙（Noémia de Sousa）〈假如你要知道我〉82

蒙特尼哥羅／前南斯拉夫　塔第克（Novica Tadić）〈耶穌〉135

日本　　　大岡信（Ōoka Makoto）〈搖籃曲〉22

菲律賓　　奧菲莉亞．A．迪瑪蘭塔（Ophelia Alcantara Dimalanta）
〈日夜悲嘆〉33

土耳其　　威立卡尼克（Orhan Veli Kanik）〈旅行〉100

墨西哥　　帕斯（Octavio Paz）〈詩人的墓誌銘〉239

美國　　　印地安俄吉卜威族（Ojibwa）〈一個將死在異鄉的人的歌〉225

羅馬尼亞　保羅．策蘭（Paul Celan）〈我是第一個〉129

智利　　　聶魯達（Pablo Neruda）〈海〉255

義大利　　帕索里尼（Pier Paolo Pasolini）〈群鐘之歌〉105

美國　　　佛洛斯特（Robert Frost）〈雪夜林畔小駐〉210

美國　　　羅伯．布萊（Robert Bly）〈雪落的午後〉222

墨西哥　　卡斯特蘭歐思（Rosario Castellanos）〈棕櫚樹〉240

葡萄牙　　蘇菲亞．安德雷森（Sophia de Mello Breyner Andresen）

〈我感覺到死亡〉113

海地　蘇茲・巴蓉（Suze Baron）〈他們說〉244

美國　史蒂芬・克蘭（Stephen Crane）〈心〉207

愛爾蘭　黑倪（Seamus Heaney）〈來自良心的共和國〉146

巴勒斯坦　阿爾・嘎幸（Samīh al-Qāsim）〈一個死於流亡中男人的意志〉55

中國　舒婷（Shū Ting）〈雙桅船〉199

英國　泰德・休斯（Ted Hughes）〈棲自著的鷹〉155

以色列　塔瑪拉・布洛德・美爾尼克（Tamara Broder-Melnick）〈調停方案〉59

孟加拉　娜斯林（Taslima Nasrin）〈個性〉49

美國 / 英國　T・S・艾略特（T. S. Eliot）〈荒地〉152

塞爾維亞 / 前南斯拉夫　波帕（Vasko Popa）〈灰燼〉133

美國　W・H・奧登（Wystan Hugh Auden）〈暴君墓誌銘〉216

美國　W・S・默溫（William Stanley Merwin）〈又是一年〉221

奈及利亞　索因卡（Wole Soyinka）〈資本〉78

美國　W・C・威廉斯（William Carlos Williams）〈波多黎各歌〉212

希臘　黎佐（Yiannis Ritsos）〈頌歌〉101

俄羅斯　葉夫圖先寇（Yevgeny Yevtushenko）〈我掛一首詩在街頭〉179

古巴　烏羅雅（Yolanda Ulloa）〈一個清潔婦的簡短傳記〉243

中國　鄭敏（Zheng Min）〈金黃的稻束〉195

Eurasian Publishing Group
圓神出版事業機構
用心與你對話・視野無限寬廣

圓神出版社
Eurasian Press

http://www.booklife.com.tw reader@mail.eurasian.com.tw

圓神文叢 194

世界的詩

作　　者╲李敏勇
發 行 人╲簡志忠
出 版 者╲圓神出版社有限公司
地　　址╲台北市南京東路四段50號6樓之1
電　　話╲(02) 2579-6600・2579-8800・2570-3939
傳　　真╲(02) 2579-0338・2577-3220・2570-3636
總 編 輯╲陳秋月
主　　編╲吳靜怡
責任編輯╲周奕君
校　　對╲周奕君・韋孟岑
美術編輯╲金益健
行銷企畫╲吳幸芳・凃姿宇
印務統籌╲劉鳳剛・高榮祥
監　　印╲高榮祥
排　　版╲杜易蓉
經 銷 商╲叩應股份有限公司
劃撥帳號╲18707239
法律顧問╲圓神出版事業機構法律顧問　蕭雄淋律師
印　　刷╲國碩印前科技股份有限公司
2016年4月 初版

定價 330 元　ISBN 978-986-133-570-4

地球是一列塵埃的火車，

只有愛，知道怎麼密切結合這個場域。

——《世界的詩》

國家圖書館出版品預行編目資料

世界的詩／李敏勇 作.
-- 初版. -- 臺北市：圓神，2016.4
272面；14.8×20.8公分 --（圓神文叢；194）
ISBN 978-986-133-570-4（平裝）

1. 詩評

812.18　　105001244